U0556248

中国书籍文学馆·散文苑

西窗

李惊涛——著

图书在版编目（CIP）数据

西窗 / 李惊涛著 . — 北京：中国书籍出版社，2014.3
（中国书籍文学馆 · 散文苑）
ISBN 978-7-5068-3974-7

Ⅰ . ①西… Ⅱ . ①李… Ⅲ . ①散文集－中国－当代 Ⅳ . ① I267

中国版本图书馆 CIP 数据核字（2013）第 305236 号

西　窗

李惊涛　著

图书策划　武　斌　崔付建
责任编辑　王文军　刘　娜
责任印制　孙马飞　马　芝
出版发行　中国书籍出版社
地　　址　北京市丰台区三路居路 97 号（邮编：100073）
电　　话　(010) 52257143（总编室）(010) 52257153（发行部）
电子邮箱　chinabp@vip.sina.com
经　　销　全国新华书店
印　　刷　三河市华东印刷有限公司
开　　本　650 毫米 ×940 毫米　1/16
字　　数　181 千字
印　　张　14.5
版　　次　2014 年 6 月第 1 版　　2019 年 1 月第 2 次印刷
书　　号　ISBN 978-7-5068-3974-7
定　　价　45.00 元

版权所有　翻印必究

序

李敬泽

“中国书籍文学馆”，这听上去像一个场所，在我的想象中，这个场所向所有爱书、爱文学的人开放，不管是白天还是夜晚，人们都可以在这里无所顾忌地读书——“文革”时有一论断叫做“读书无用论”，说的是，上学读书皆于人生无益，有那工夫不如做工种地闹革命，这当然是坑死人的谬论。但说到读文学书，我也是主张“读书无用”的，读一本小说、一本诗，肯定是无法经世致用，若先存了一个要有用的心思，那不如不读，免得耽误了自己工夫，还把人家好好的小说、诗给读歪了。怀无用之心，方能读出文学之真趣，文学并不应许任何可以落实的利益，它所能予人的，不过是此心的宽敞、丰富。

实则，“中国书籍文学馆”并非一个场所，它是一套中国当代文学、当代小说的大型丛书。按照规划，这套丛书将主要收录当代名家和一批不那么著名，但颇具实力的作家的长篇小说、中短篇小说集和散文集等。“中国书籍文学馆”收入这批名家和实力作家的作品，就好比一座厅堂架起四梁八柱，这套丛书因此有了规模气象。

现在要说的是“中国书籍文学馆”这批实力派作家，这些人我大多熟悉，有的还是多年朋友。从前他们是各不相干的人，现在，“中国书籍文学馆”把他们放在一起，看到这个名单我忽然觉得，放在一起是有道理的，而且这道理中也显出了编者的眼光和见识。

当代文学，特别是纯文学的传播生态，大抵集中在两端：一端是赫赫有名的名家，十几人而已；另一端则是“新锐”青年。评论界和媒体对这两端都有热情，很舍得言辞和篇幅。而两端之间就颇为寂寞，一批作家不青年了，离庞然大物也还有距离，他们写了很多年，还在继续写下去，处在最难将息的文学中年，他们未能充分地进入公众视野。

但此中确有高手。如果一个作家在青年时期未能引起注意，那么原因大抵有这么几条：

一、他确实没有才华。

二、他的才华需要较长时间凝聚成形，他真正重要的作品尚待写出。

三、他的才华还没有被充分领会。

四、他的运气不佳，或者，由于种种原因，他的写作生涯不够专注不够持续，以至于我们未能看见他、记住他。

也许还能列出几条，仅就这几条而言，除了第一条令人无话可说之外，其他三条都使我们有足够的理由对这些作家深怀期待。实际上，中国当代文学的丰富性、可能性和创造契机，相当程度上就沉着地蕴藏在这些作家的笔下。

这里的每一位作者都是值得关注、值得期待的。“中国书籍文学馆”收录展示这样一批作家，正体现了这套丛书的特色——它可能真的构成一个场所，在这个场所中，我们不仅鉴赏当代文学中那些最为引人注目的成果，而且，我们还怀着发现的惊喜，去寻访当代文学中那相对安静的区域，那里或许是曲径幽处，或许是别有洞天，或许是，众里寻他千百度，蓦然回首，那人却在，灯火阑珊处……

自 序

散文在我的文字生涯里，是作为记录生命历程的文体存在的。当虚构的冲动足够有力时，我会写小说；当理性的思考水落石出时，我会写评论。在理性的思考退席而虚构的冲动未至时，我会回眸来路，写些散文。借助散文，我看见自己怎样从 20 世纪六十年代一路走来，穿过 21 世纪的门槛，走向今天的自己。

人是一个不断向自身生成的过程。这本散文集就是这个过程的记录。因此书里的 38 篇散文，既是我献给母亲，也是我献给朋友，更是我献给逝去的时光的文章；里面有喜悦，有泪水，有疼痛，有感恩，有缅怀，有忏悔，有惊悸，有解嘲。读者如果有心情读下去，会看见我和我的亲人、朋友、同事、师长，也会看见很多我不熟悉、您更陌生的人，那是我们同生共处的族群。相对于虚构，非虚构也是一种有价值的叙述；在这个意义上，生活把精彩赐给了散文。

作家陈武先生，是我的挚友。经他力推，《西窗》有了走向读者的机会。写下这篇自序时，恰逢 2013 年“感恩节”。我感谢陈武先生的友情，感谢出版社的美意，感谢读者的厚爱。

2013 年 11 月 28 日于钱塘江畔云水苑

目录

第一辑 厚土

第二辑 阳光

第三辑 河流

第一辑 厚土

生命中那时光

有一种风声，传了好几天了，就是我们可能要离开家，到很远的地方去。这让我们兄弟姊妹心里怦怦直跳，有些紧张；隐隐地，又有些期盼。终于，某天晚上，院子里的鹅们和狗都安静下来后，母亲郑重地对我们说，明天早晨走。

我们听了，像士兵接到了指挥员命令，瞬间进入了临战状态，开始整理各自的东西。好收拾的先收拾：一只装有钢弹的踱（陀螺），被我摁进一只广口瓶，并用棉花塞住；一把小刀，我裹了两三层"田字格"纸，压进了一只纸药盒。接着就到了重点，整理画书：《童年》、《在人间》和《我的大学》必须带走；《小马倌》里的"大皮靴叔叔"是最爱，也不能丢下；难以割舍的，还有《红灯记》和《智取威虎山》，因为李铁梅像孪生妹妹中的春燕，而小常宝则像春晓。《一块银元》太吓人，就不带了；但是《一支驳壳枪》带不带呢？我很纠结。接着，更棘手的难题来了："胡里"怎么办？"芦花"怎么办？鹅们怎么办？大狗怎么办？……

"胡里"是一只小公鸡，妹妹春晓为它起的名字，出处不详；"芦花"则是一只小母鸡，因为毛色像芦苇花穗，属实至名归。它们和家里的五六只鹅，与两个妹妹朝夕相处，彼此能够听懂语言、读懂眼神，正像家里那条大狗与我和二哥的关系。

母亲在默默地准备行李，并让我们上床睡觉。我们磨磨蹭蹭地不睡，东藏西掖，开始安置那些带不走的心爱之物。床底下，墙缝里，房梁上，能想到的地方，都想了，都试了，直到母亲下达立即入睡的命令。我们躺在床上，把耳朵像兔子那样竖起来，听着母亲忙碌的声息；眼睛睁得很大，看见母亲的身影随着灯影摇晃。渐渐地，我们沉入了无边的黑暗。

黑暗慢慢消退。灰蒙蒙的光线里，从大新庄赶来的李传民，已经在院里架好了独轮车。李传民是个方脸汉子，话不多；不像他蓄有唇髭的麻脸哥哥李传公那样能说会道。独轮车两侧的柳条筐里，已经垫上了柔软的稻草。两个5岁的妹妹，睡眼惺忪，分别被抱进了两侧车筐的上侧；8岁的二哥和7岁的我，则昏头涨脑地爬入车筐下侧。车杠上，安放了母亲打好的两只包袱。李传民架起车子，试了试分量，回头对母亲说，老周，你"脚轧车"（即自行车）快，我先走了。

独轮车出了院子，很快到了村口。我们看见，天还是青灰色，西天上还有几颗大星，东边则透出一些橘红色。村边，有个早起的扛着铁锨的村民，神情疑惑地望着我们。母亲从后面跟上来了。她的自行车后座上，坐着11岁的大哥；前梁上，坐着10岁的姐姐；车把上，则分别挂了两只提包，印着武汉长江大桥和飞机图案的那种。我们在村口会合了。母亲回头看了看家所在的那条街，又向村西望了望，神情坚定地说，走吧，传民。

这是1967年初冬的某个清晨。35岁的母亲，带着她的六个孩子，在李传民协助下，从江苏省赣榆县城附近我们居住的移民村出发，踏上了长达三年的漫漫流亡路。原因是她的丈夫，我们的父亲，被县里一个叫"革联"的造反派组织，假借中央人民广播电台播送的某条济南军区的"支左"新闻，宣布为"反革命"。在全家流亡前，我们的父亲已经被母亲先期护送出县境，潜行到北京“讨说法”去了。种种迹象表明，我们的母亲可能也快要被那个造反派组织宣布为“反革命”家属，受到揪斗和关押。母亲找到父亲的同道李传公，请他协助我们全家逃亡；李传公让本分木讷的弟弟李传民出了脚力。当然，那是我们后来才知道的原因和背景。

蜿蜒的土路在独轮车和自行车下延伸。起伏不定的远山近水，在路边树木的缝隙间一寸寸、一尺尺地移动着。天渐渐亮了。太阳也升起来了，而且越升越高。我们听见大人气喘吁吁的对话——

墩尚过了吧，传民？骑着自行车的母亲问。

过了，嫂子，就要到沙河了。李传民说，再朝前，就是黄川了。

看来，一行人离开家已经十几公里了。我们忽然想起来，头天夜里收拾好的东西，匆忙间并未带走，全落在了家里。你怨我、我怨你开始了，我们嘟嘟囔囔，希望大人停下来，返回去，以便取回那些宝贝。但是大人沉默着。我们耳畔传来的是车轮滚过土路匀称而又呆板的沙沙声。眼见返回无望，让人更加忧虑的“胡里”、“芦花”、鹅们和大狗，又开始在我们脑海里闪现。它们该睡醒了吧。我们都走了，它们饿了怎么办？谁来喂？……

黄川已经退到身后，前面就是青湖，快要走出江苏省界了。我们避难的目的地，是父亲的故乡，我们的老家，山东省郯城县高峰头公社蒲汪村。

上岭，下坡，过桥，涉水。在母亲和李传民默默的骑行与步行中，迎接我们兄弟姊妹的鲁南大地，用颠簸的方式，让我们正在发育中的身体感受它的沟沟坎坎。晌午时分，母亲让李传民停下来，一行人在路边卖炸油条的草棚里吃煎饼；之后，又拐上了307公路。因为我和二哥的身体是朝下斜躺着的，在独轮车平稳的疾行中，缓缓移动的天空，仿佛倾斜着悠悠地朝后退去。我感到自己的身体一点点地麻木起来。除了偶尔往南疾飞的一两列大雁，我什么都看不到；慢慢地，意识开始有些模糊。后来车身一颤，我睁开了眼睛，却发现什么都看不清楚了。原来天色已经黑了下来。李传民将两个妹妹分别抱出来，又让我和二哥下车。我想爬出车筐，但我看见自己的双腿一动不动。它们好像不是我的腿。我摸着它们，就像摸着两截木头一样。它们已经彻底失去了知觉。我用手把它们搬出车筐，身体跟着爬出车子。李传民细心地让我们兄妹四人在柳条筐里的位置作了互换。

在沉沉的夜色中，不知为什么，我们看不见母亲、大哥和大姐，心生忐忑，异口同声地问李传民，妈妈呢？俺哥呢？俺姐呢？李传民说，“脚轧车”快，我撵（赶）不上呀。原来大约在一个叫双店的地方，他们走散了。已经推车步行了一天半夜、疲惫至极的李传民，没有忘记安慰车筐里四个不安的儿童。莫害吓得慌，他说，我使劲撵。

夜色完全覆盖了鲁南地界。星星们摇晃着，再次缀满天空。冬夜里，飒飒风声中偶尔会传来一两声狼嗥。在李传民吃力的喘息和单调的脚步声中，我们感到自己在黑沉沉的夜色里，越陷越深，渐渐地，连一点微弱的光也看不见了。

眼前再次有了些光亮的时候，人声也忽然嘈杂起来。我们听见了与自己完全不同、却与父亲相同的口音。人们七手八脚地将我们抱出车筐，嘘寒问暖，领进屋里。原来李传民用独轮车推着我们，已经走了一天一夜，在凌晨三四点钟的时候，终于抵达父亲的老家蒲汪村，来到了我们爷爷的家里。

暗淡的光线，将亲族们的影子贴到墙上。有人让我们喊叔叔、婶子，有人让我们喊哥哥、姐姐。有人大叫，烧“汤”喝！烧“汤”喝！我们看见满屋子人，都亲热地围着我们，向一位长者夸奖我的两个妹妹，说“真俊”。长者个头很高，大约在一米八以上。灯影憧憧中，他的神情说不清是和蔼还是威严。他像是审问一样，一一核对着我们的名字，说，你叫月恒？你叫毅恒？你是春晓？你是春燕？这时候，一个宽脸膛的汉子命令我们，都叫“爷爷”！我们才知道，长者便是父亲的父亲，我们的爷爷。我们纷纷叫他“爷爷”，他却不一一答应，忽然命令李传民赶紧脱袜子。原来由于持续赶路，李传民的双脚已经肿胀得像两只大萝卜，袜子快要褪不下来了。

大约半个小时后，“汤”端来了。我们一看，不是菜汤，而是稀得只见汤汁不见米粒的稀饭。原来老家人把稀饭叫做“汤”！有人又喊，光喝“汤”怎么行？拿“捻拧”、拿“捻拧”！“捻拧”拿来了。我们一看，竟然是煎饼！原来老家人把煎饼叫做“捻拧”。而且，最让我们觉得奇怪的，是老家人叠煎饼时糙面不是朝里而是朝外。有人又大叫，拿盐豆子、拿咸菜！盐豆子和咸菜端来了。我们闻见了一股难闻的气味。那是盐豆子发出的气息。再看咸菜，更加诧异，黑乎乎、软嘟嘟的，不知是什么东西。我们问被称作哥哥和姐姐的，那是什么咸菜。他们说，就是咸菜嘛。我们问是用什么做的。他们说，什么做的？疙瘩芥！多年以后，我们才知道，所谓“疙瘩芥”，实际上是芜菁与苤蓝的合称，老家人在秋季收割以后，先是用文火将其慢慢煮熟，俗称“烀”，而后以特殊工艺处理——我不知道怎么制作，只能名以“特殊工艺”，便成了可以长时间存放的黑乎乎的咸菜。盐豆子和咸菜虽然气味不佳，但风味确实独特，吃罢口中回香。

忙乱之中，我们的母亲带着大哥、大姐也赶到了。母亲手腕上缠着一条毛巾，已经湿透；虽然疲惫，但看见我们先到了，十分高兴。她问候了爷爷，又和大家一一招呼，最后才和李传民说起沿途情况。本来，在父亲逃亡时，母亲曾经用自行车驮他到过蒲汪。但初冬时节的黄昏，天黑得特别快。骑车走在前头的母亲，在双店附近的一条岔路口偏离了方向；待意识到迷了路，都快要骑到新沂了。重新折回 307 公路，已经听见附近村庄的鸡开始叫第三遍。算起来，母亲带着大哥、大姐和两个包袱，一天一夜骑行的路程远远超过150公里。有人为母亲和大哥、大姐盛上“汤”，让他们趁热喝。有人用“捻拧”卷了盐豆子送到母亲面前，母亲并没伸手去接。也许她又困又累，已经没有接煎饼的力气了。那人以为母亲不要，转而递给大哥。大哥吃了一口，立即吐出来，说，怎么有一股臭脚丫子味儿？！那人很不悦，说大哥是怎么说话的。大哥说，就是嘛，跟焐过的虾皮子一样。

大家吃罢“捻拧”、喝罢“汤”，我们听见了第四遍鸡叫，天光已经发白。亲族们纷纷出了屋子走散回家。李传民一夜没合眼，却执意要启程返回赣榆县。母亲让他休息一天再走。李传民坚持说，嫂子，回去晚了，会有人怀疑我啊。母亲只好同意，送李传民到了村口，看着他的身影在乡间土路上慢慢变小，变淡，变到没有，才回到爷爷家里。几年以后，我们才知道李传民回到赣榆县大新庄家里后，立即遭到造反派揪斗，吃了很多苦，却始终没有承认曾经出过省界、到过郯城。在我们全家流亡的过程中，李传民堪称第一恩人。

天色已经大亮。我们看见并且看清了从未谋面的爷爷。爷爷身材颀长，蓄须，手持长柄旱烟袋，着藏青长袍，配酱色短褡，称我们的母亲“永恒娘”。永恒是我们大哥的乳名。鲁南长辈称呼儿媳，往往不直呼其名，而是用儿媳第一个孩子“转移呼叫”，俗称“比着叫”。

永恒娘，你们娘几个住家里。我们的爷爷安排道，我搬到麦场屋里住了。

自那以后，印象里，爷爷便很少回家，也就是他那两间屋子。他一个人住在村里打麦场边的小屋里。我有时候会到那里看他。初冬的阳光里，爷爷笑容慈祥，确认我是毅恒后，转身走进场屋，用“捻拧”卷了盐豆子炒鸡蛋，塞给我说，吃吧。我猜测，那是他并不多见的绕膝之欢；因为我发现堂兄弟和堂姊妹，都比较畏惧爷爷的威严，很少到他跟前去。据说爷爷读过私塾，懂得堪舆，会看风水，在当地德高望重。文化大革命来了，爷爷很少发言，用沉默面对了时世。

由于爷爷并不“常回家看看”，我们的母亲与爷爷的关系渐渐有些尴尬。母亲或许觉得，自己举家投奔公公，给老人家添了麻烦，心生不安；但同时又希望，公公似乎应该以至高身份和地位，有效地解决我们的生存问题。因为家里的粮食，具体地说，就是两袋“山芋干”（赣榆称为“地瓜干”）很快吃光了。母亲试图到粮管所买粮食，因为所谓“户口问题”，被本家一位堂叔挡了回来。二叔、三叔以及蒲汪南门外的荣堂大爷家，也曾对我们有所接济；但由于他们家里余粮不多，最终都是接而不济。爷爷很少回家探视，也让我们慢慢体会到了他心境的不堪。或许老人家觉得无力解决我们七口人的口粮问题，有些赧颜，只能知难而退，直至退避三舍了。

我们的生计真正成了问题。听大哥说，他的胃里整天冒酸水。大姐虽然不说，但她紧皱眉头的表情说明，她的胃里并不比大哥好受。二哥则整天苦着脸。两个孪生妹妹，笑声越来越少，哭声越来越多。我并不知道什么叫“胃”。我只觉得整个胸腔里空空的，总像是着了火一样，发热。每到吃饭的时候，我们便环绕在母亲身边，眼巴巴地仰望着她。面对着六个孩子，母亲摸摸这个的头，拍拍那个的脸，什么话都说不出来。正是在那个时候，我们的母亲学会了老家的一种饮食，叫做“烧咸水”。“烧咸水”，即用一点点油、葱花炸锅，而后一瓢一瓢往锅里舀水，放入足量的盐，继而烧开，盛到碗里，让我们放开肚量喝，直喝到肚皮滚圆，用手一拍，里面发出咣当咣当的响声。

为了不让自己的六个孩子饿死，母亲最终决定，将我们的大哥、大姐送到马王的大姑家，将二哥送到解庄的二姑家，将我送到店子的表姑奶奶家，将两个妹妹随身带着，去寻找她的丈夫，我们的父亲。据说，父亲可能已经从北京转道南京，继而在一个叫“桃花涧”的地方落了脚，并安顿了许多同道。

我们兄弟姊妹四人，开始了真正寄人篱下的生活。

1967年的冬雪，频繁而又暴虐。它们降落后迟迟不化，沉沉地覆盖着鲁南乡村的田野和村庄。年关将近时，大姑、二姑和表姑奶奶，为寄居的四兄妹换上干净衣裳，踏雪送我们回到了蒲汪。原来我们的母亲已经回来了。我发现，母亲比走之前似乎瘦了一圈，两个妹妹却长高了一点儿。平时很少见面的兄弟姊妹，时隔五六个月聚到一起，感觉就像好几年没见面。母亲分给我们每人一把糖豆，是染了“洋红洋绿”、状如黄豆的那种。我一把捂进嘴里，蠕动着腮帮子大口嚼食，幸福地品味着嘴里和心里的甜蜜，因为母亲又回到了我们身边。

环绕着母亲，我们争先恐后地讲述着几个月来的生活情况。我告诉母亲，我和表姑奶奶家的表叔，住在牛棚里。雪下得最大的那天夜里，表叔悄悄喊我起来，带我到生产队牛棚加工淀粉的屋子里偷坨（淀粉）。他先从大缸里挖出一小块坨，再用手将缸里挖出的坑抚平，然后带我回到家里，让表姑奶奶连夜做凉粉给我们吃。你吃到了凉粉？二哥插话问，好吃么？好吃极了，我说，表姑奶奶家吃的“瓜干水”，也不是地瓜干做的。那是什么做的？大哥和大姐感到很好奇。我说，踖子做的；就是地瓜切成细丁，晒的踖子。这说明表姑奶奶勤快，大哥分析说，你托付到好人家了。我说，是的，表姑奶奶家东面，就是沂河，表叔还带我去淘小蛤蜊呐。淘来小蛤蜊怎么吃？大姐眼睛放光，问我。炒韭菜吃，我说，有时做汤喝。二哥咽了口唾沫。我又补充说，表姑奶奶很老了，她有风泪眼，老是流眼泪，为表叔娶不到媳妇，愁的。

二哥对我补充的信息似乎并不感兴趣。他从胳膊肘挎着的小斗篼里，拿出五六只灰黑色的小馒头，递给兄弟姊妹，说，你们吃过这样的馒头么？我们拿着，咬了一口。馒头很暄和，有点甜味，十分可口，原来是麦面与山芋面混合发酵后蒸出的馒头。对于我们来说，那绝对是美食。二哥用实际行动，将我说得神乎其神的凉粉和小蛤蜊，瞬间挫败。

轮到大哥、大姐了。我们都知道他们去的大姑家，在马王是殷实人家；因此大哥、大姐一定在马王过上了好日子。但不知为什么，他们却欲言又止。大姐将手伸给我们的母亲看，又让大哥把手伸给我们看。我们看见，他们俩的手，已经皴裂得不成样子；很多细小的口子里，结了血痂。我问，怎么会这样？大哥说，这是因为，我们早晨用热水洗脸。用热水洗脸，二哥说，那不是很奢侈么？我心里也很纳闷。大哥说，洗脸的热水，不是锅里烧开的，而是用“寮吊”（一种黑陶制成的茶炊）放在烟囱上，用烟熏热的；每天洗，就洗成这样子了。那你们总该吃到很多好吃的了吧？我问。大姑夫很会过日子，大姐说，吃饭的时候，大姑夫第一个；他吃完了，家里人才许上桌。盛饭时，碗不能盛满，不然，在桌边抽烟的大姑夫会数落，说是饿死鬼托生的。大哥补充说，可半碗吃完了再去盛，盆早空了；经常吃不饱。

两个妹妹听了我们的述说，不停地哧哧发笑。也许她们跟着母亲，并没怎么挨饿；判断的依据是母亲身形的明显消瘦。听罢几个孩子的陈述，母亲没作任何评述，而是告诉我们，过了年，她就要带我们坐火车，到一个叫“桃花涧”的地方，吃大馒头去了！

1968年暮春，我们兄弟姊妹六人怀着对“桃花涧”和大馒头的向往，跟母亲到了新沂火车站，开始了一生中最难忘的旅程，坐火车。

火车站里人山人海，摩肩接踵，拥挤不堪。喇叭里播送着毛主席语录、《大海航行靠舵手》歌曲和火车进出站的信息。车站管理员像牧鹅少年，在一根长长的竹竿头上绑了红布，在人们头上挥来挥去。随着红布条指引的方向，扛着被褥卷、麻袋、笆箕子、铁锨、锄头甚至扫帚的人们，像潮水一样，一会儿向前涌动，一会儿又向后退却；往左挪动几尺，再往右移动几丈。母亲让我们手拉着手，跟她在人群中艰难地挤来倒去，尽量往月台边上靠。

在紧张、恐惧和莫名的兴奋中，火车来了。车头喷着白色的气体，发出声如牛哞、却比牛哞大几十倍的鸣叫，拉着长长的绿色车厢，缓缓停靠在月台边。车身尚未停稳，人们忽然像身手矫健的猿猴或吸附力极强的水蛭，往车门、车窗和车顶部粘了上去，随即迅疾地钻入车厢。我们兄弟姊妹原先拉着双手的“链条”早已脱落，自顾不暇，几乎被人脚不点地挤上了火车，挤到了不知哪节车厢。我记得我先是被塞到行李架上；随后又被人拽下来，推到座位底下。后来据母亲、大哥、大姐、二哥和两个妹妹回忆，他们分别被挤进了前后三节车厢，有的被挤到茶几下面，有的被挤到车厢连接处，有的则被挤进了厕所。车身一晃，我们开始了前往桃花涧的行程。我听见母亲焦急的呼唤声在另外的车厢里隐隐传来。我在座位低下，使劲喊着自己所在的方位，却听不到母亲的回应。我爬出来，从大人们的腿缝里拼命朝母亲喊声所在的方向挤，终于挤到了能够看得见母亲的地方，却再也不能前进半步。我看见，二哥正被一个人背着的被子卷压得抬不起头；而两个妹妹，在离母亲很远的地方，哭得泪流满面。

1968 年春天的火车，载着我们兄弟姊妹震天介响的哭喊声，已经开进了记忆深处。自那以后，我们除了在印度电影里，在新闻图片中，已经很少见到那样的场面。在一片混乱中登上火车的画面，在我的记忆中顽固地定格了；回忆从此滞留在那几节人声嘈杂的车厢里，再也不肯前进一步，以至后来我试图回想下火车及如何抵达桃花涧的具体情景，脑海里竟然一片空白。

但是那次终生难忘的旅程结束时，我们兄弟姊妹六人一个也没有少。母亲带着我们到达了桃花涧，找到了父亲安顿下来的组织。一个叫尚延荣的叔叔接待了我们，称我们的母亲为“嫂子”。嫂子，他对母亲说，老李到北京参加中央办的学习班去了；临走前，把你们托给了我。

我无法确切地回忆出，母亲的脸上是掠过了一丝失望，还是生出了一线希望。见不到我们的父亲，母亲或许有所怅惘；但父亲进入中央办的学习班，便有望摘掉“反革命”帽子，母亲又该生出憧憬。正像我们相信父亲毕生革命一样，母亲从来不信父亲会“反革命”。

尚延荣叔叔把我们安排在海州锦屏一个叫陈世学的家里，住进了陈家西院的两间厢房。印象中，那间房屋的墙上，贴着一张老奶奶的铅笔素描像，不知出自哪位画家之手；地上铺着芦席，席下垫着一层晒得很暄和的麦秸，表明房东已经为我们做了周到准备。我们将行李卷打开，铺开被褥，开始在上面打滚撒欢。闹腾够了，忽然发现，墙上不知什么时候被谁抹了一道鼻涕。你抹的，二哥指着我说。你抹的，我指着二哥说。你们俩抹的，大姐指着我们俩说。谁都不可能抹，大哥说，你们看，鼻涕是干的。我们顺着大哥的指点，发现鼻涕确实是干的，而且不止一处。这里也有！我报告说。这里还有！二哥报告说。行了，大姐制止了两个弟弟快乐的报告声，吩咐说，全部清理干净！

正说着，我们忽然听见母亲叫道，哎呀，糟了！我们吃了一惊，忙问母亲怎么了。母亲用我们从来没有见过的惊慌和懊恼说，恁大舅寄来的40块钱汇票，在火车上挤掉了！

那怎么办？我们兄弟姊妹一下子惊呆了。40 块钱，在 1968 年的我们看来，不啻一笔巨款。而且，那是远在新疆当军官的大舅专门寄给母亲接济我们生计的钱。但是母亲的惊慌，只持续了不到一分钟；脸上的神色，慢慢变得毅然而又决然。我得连夜回去，母亲说。我们接着知道，母亲要马上出发，返回山东省郯城县，连夜赶到汇票寄达的邮局，争取汇款被他人取走之前挂失。母亲向我们说了自己的决定后，用严肃的口吻对大哥和大姐作了交代，让他们带好弟弟和妹妹。而后，她打开包袱，拿出一件衬衣，便急匆匆离开了家。我追着母亲，一直目送她拐过街口，消失在陌生的人流里。

母亲走了。我们茫然无助，开始大眼瞪小眼。陈世学家人很善良。他们知道母亲离开了我们兄弟姊妹，将家里做的"渣豆腐"，即用磨碎的花生和黄豆煮青菜、萝卜丝，即赣榆县所谓"清浆子"，盛了两大碗，端来给我们吃。我们心事重重地吃着"渣豆腐"，食而不知其味，忽见尚延荣叔叔拎了一大包粽子，领着一位中年妇女和三个孩子来看我们。原来他的家眷也从赣榆县柘汪公社来到了桃花涧，就住在陈世学家隔壁。尚家人操着语速快捷、语音奇特的方言，亲热急切地和我们交流，奇怪的是我们基本听不懂。更奇怪的是，他们包的粽子不用芦苇而是用树叶，并且包成长方型；里面包的也不是糯米而是小米。尚家也有两个女儿，一个叫金子，一个叫银子，倒是善良伶俐，很快与我们的大姐和两个妹妹成了好朋友。

按照母亲与我们的约定，第三天上午她应该回到桃花涧。但是，我在母亲走时的街口一直等到第三天傍晚，等到天上出现了星星，也未见到母亲的身影。我想，母亲说不定改走了别的街道，说不定已经到了"家"。我回到"家"里，见一切都静悄悄的。屋里灯影摇晃，兄弟姊妹面面相觑，脸上的表情和我一样怅然若失。尚家的金子和银子也在我们家里。金子说，婶子是"夜了晚上"回来？大姐说，什么"夜了晚上"？银子说，"夜了晚上"，就是现在啊。大姐说，现在怎么叫“夜了晚上”呢？大哥说，柘汪话里，“傍晚”也许就叫“夜了晚上”。但是，当天“夜了晚上”，我们的母亲没有回来。我们都讪讪的，早早睡了。睡到半夜，有人敲门。我们以为母亲回来了，都很兴奋。开门后却发现，来人不是母亲，而是一位带着孩子的中年妇女，自称“祁洪兰大姨”，说是尚延荣安排她们母子来和我们同住。跟在她身后的大男孩，有些腼腆，对我们说，他叫锣坠。就这样，陈家两间西厢房的地铺上，住下了八九口人。

第四天，我依然守在母亲离去的街口，直到太阳慢慢西沉，仍旧没能等来母亲的身影。我闷闷不乐地回到“家”里，见兄弟姊妹个个六神无主，心情沉重，内心更加忐忑和忧虑。两个妹妹见我又是一个人回来，当场哇的一声哭起来。这时候，我们的大哥显出了兄长威严，厉声喝道，哭什么？哭就能把妈妈哭回来了？再等！我们虽然都在担心母亲，但除了等待，也确实没有更好的办法。我走出了屋子，站在窗台前，久久望着日落转暗的西天。天渐渐黑透了，我又回到屋里，背着兄弟姊妹，打开母亲临走时曾经开过的包袱，找出母亲平时穿的一件浅色衬衣，贴在脸上，闻着衣服上似有若无的母亲的气息，眼泪止不住流了下来。

第五天上午，就在我们兄弟姊妹的焦虑到达顶点时，母亲回来了！尽管满脸风尘，但她的眉宇间有掩抑不住的喜色。兄弟姊妹纷纷围到母亲身边，问她为什么“到现在才回来”。母亲对我们说，那天她连夜赶火车回到新沂，又从新沂赶到郯城，在第二天早晨上班前，她已经到了邮局门前。邮局说，钱还在，没被取走。母亲赶忙申请挂失。由于未随身带证件，她只好赶回蒲汪村开证明、刻私章；步行四十多里再赶回邮局时，已经下班。第三天又去，竟然碰上星期天，邮局休息。第四天，星期一，取到钱时已经过了晌午；所以赶回“家”里，只能是第五天，也就是现在了。我没有挤到母亲跟前，只是站在外围听她述说。母亲回来了，就在我们眼前，真真切切，实实在在，我已经不再担心了。

母亲回来的当天中午，全家的伙食份额也批下来了。我们看见母亲抱着几只长长的枕头，从远处走来，却听见她高声说，看，大馒头！我们看清了，确实是大馒头。我们还从来没有见过那么大的馒头。它们看上去真的像枕头，长约两三尺，厚约五六寸，白白胖胖的，在母亲怀里闪着诱人的光泽。我们兴奋得嗷嗷直叫，从母亲手中接过来，每个掰了一大块，便往嘴里塞。母亲没有忘记送给陈世学家一只，感谢房东在她离“家”时对我们友善的抚慰。

新的环境，新的伴邻，新的生活。和母亲在一起，有朋友在身边，快乐开始在我们的天性里蓬勃生长。我曾经尾随大哥、大姐到他们爱去的宣传队里玩。大哥和宣传队骨干李秀玉、王明起很快混熟，跟着他们学表演、吹笛子、拉手风琴；大姐则和宣传队的大萍成了好朋友，开始学简谱，同时兼做大萍和李秀玉之间的信使。在宣传队里，我受到了很多男女队员的夸奖，说我长得可爱，虚荣心得到很大满足。但是，后来的一次遭遇，让我彻底打消了再去玩耍的念头。一天中午，我不知何故在宣传队的桌子上睡着了；醒来时，发现周围许多男女队员围着我笑。我心里纳罕，心想我还不至于受欢迎到被围观的程度；随手抹了一把脸，发现手上全是墨汁。低头一看，不得了，我身上被画了许多图案，包括我神圣不可侵犯的隐私部位。就是说，在我熟睡的时候，那些男女宣传队队员用墨汁在我的脸上、身上大展才华，不仅画了脸谱，还创作了人体彩绘。8岁的少年弄清了真相以后，用最快的速度让自己从房间里消失了。但身后的哄笑声快过我的双脚，钻入我的耳鼓，继续伤害着我的人格尊严。

道不同，不相为谋。二哥后来安慰我说，带你去找好玩的地方。我们很快找到了自己的乐园：一个是公社，一个是磷矿。所谓公社，指锦屏公社驻地；磷矿即是锦屏磷矿的办公楼。我们在那里流连忘返，寻找和搜集了各种毛主席像的木刻印刷品。即使没钱买票，我们也能混进磷矿大礼堂，看歌剧《白毛女》演出。在磷矿井口，我们哥俩轮流推、坐“小轨车”。在矿区一堆堆黑色的铁球里，我们找到几只大小适中的铁球，掷“铅球”玩。在露天堆放的许多铁皮桶里，我们抠出剩余的“水胶”，做成一拍几米高的“弹力球”。我们东游西逛，通过尚延荣天不怕、地不怕的小儿子，结识了以“连生”为首的专摘小朋友像章的团伙。我们经常忘了回家吃饭，像随风起舞的草籽，自在飘零，落到哪里都能生长，内心荒芜到不知今夕何夕。

有一天，我和二哥回到家里，意外地看见母亲躺在地铺上，浑身扎满了细长的铜针。我们吓坏了，问祁洪兰大姨，妈妈怎么了。祁洪兰说，你妈这几个月，腰脊累坏了，针灸呢。祁洪兰大姨家白净漂亮的儿子锣坠，很乖巧地站在我们的母亲身边。对比起来，我们为自己满世界疯玩而深感羞愧。母亲并没责怪我们。她艰难地扭动身体，配合一位中年人为她治疗。那是我第一次看见针灸和拔火罐。那么长的铜针，被医生在酒精灯上烧红了，直接扎进母亲的肩、背和髋骨的皮肉里，而且还不停地用手指捻动，令我心惊胆战。我们不知道母亲已经累坏了身体。在那之前，我们甚至以为母亲是累不坏的，身体也是永远不会生病的。但是面对母亲躺倒的躯体，我们意识到了自己的错误。母亲带着六个孩子，追随着父亲，因他对于时世见解的遭遇而牵肠挂肚，因儿女在乱世的安全与饱暖而忧心如焚。也许在她南下北上、东奔西走的时候，身体早就累坏了，垮掉了，却无法停下自己的双脚，因为六个十岁左右的孩子还寄人篱下，嗷嗷待哺。现在，流亡中的生活有了暂时的保障，她终于有可能和有条件生病了。她可以放心生病了，一下子就病倒在了自己儿女面前。

我们的母亲病倒了，兄弟姊妹们个个都忧心忡忡。由于熟悉地形，第二天上午，二哥和我带着一只脸盆出了“家”门。在海州西大岭附近的一条河里，我们开始摸鱼摸虾。除了一座水泥桥墩下面，河水并不很凉；因为头顶艳阳高照，高天流云。我们沿着河岸的水草用手捂，经常会捂到一两只食指大小的河虾。捂了大半天，我们浑身是泥，衣裳湿透，捉了大约一斤多虾子，兴高采烈地回到家里，说做给母亲吃了补身体。母亲躺在地铺上，露出笑容，让大姐把虾子收拾好，请祁洪兰大姨送到食堂让伙夫炒了。那一天，我们又打了一大盆米饭和白菜汤回来，八九口人，在地铺前吃了一顿开心的中饭。吃饭的时候，锣坠提议，下午再去摸虾。我和二哥自告奋勇带路，又去了海州西大岭，又找到了那条河，又来到了桥下，脱鞋，卷起裤管，开始摸虾。但是，不知为什么，整个下午，我们却连一只虾也没摸到，最后无功而返。锣坠对我们曾经在那条河里摸过虾，摸到虾，将信将疑。我和二哥望着多云转阴的天空，更是困惑欲死，百口莫辩。

我们的母亲，没让自己在地铺上多躺一天，第二天便起身，为我们兄弟姊妹衣服的换季忙碌起来。由于没有布票，她只能用大舅寄来的钱去买混纺粗布（俗称“麻袋布”），为我们兄弟仨缝衣做裤；为大姐和两个妹妹买“仿绸布”，再买染料，自己染色，做成颜色比较光鲜的衣服。正是在那样的岁月里，我们看见，或者说见证了母亲的无所不能：自己染布，自己量裁，自己缝衣，让自己的六个正在长身体的孩子，都穿上了合体衣裳。我记忆深刻的是那年冬天，一条用“麻袋布”缝制的、模样奇特的棉裤，被母亲套在了我身上。那棉裤无需腰带，裤腰以上有前胸和后褡，背带从后褡过肩，扣到前胸的纽扣上，很像五六十年代招贴画里工人在车床前穿的工装。看上去，我不是在“穿”那条棉裤，倒像是那条棉裤把我“装”了进去，保暖效果极好，见出母亲在当年拮据中的创意和智慧。

慈母手中线，在日升月落中，变作了游子身上衣。接着，秋去春来，那些衣裳也由长变短，由新变旧甚至变破，令我们的母亲既忧且喜。忧的是，布票和钱一样珍稀，仅靠缝缝补补，眼看又要难以为继了；喜的是，儿女身体正在不断蹿高。就在我工装式棉裤的裤裆被母亲用麻绳像给麻袋封口一样第三次缝好不久，一个对我不利的传说，传到了母亲耳朵里。在那个近乎谣言的传说中，一个在武斗队捡子弹壳的少年差点被擦枪走火的子弹击中。这让母亲备感忧虑，也让我深切体验了冤假错案造成的后果和滋味。母亲开始禁止我到街上玩耍，不仅使我再也不能到武斗队营地见识各种枪炮，而且使我集齐手枪、冲锋枪、轻机枪、重机枪、高射机关枪弹壳的梦想，最终化为泡影。一只用穿甲弹弹壳做成的“瓜刨子”，是1970年留给我的唯一有时代烙印的纪念品。

的确，在街上游逛的风险开始日益增大。桃花涧近乎世外桃源的日子，已经被一年多后的仓皇迁徙所取代。零星的冷弹与炮弹划破空气的啸叫声，时常在我们耳畔响起。据说，北京“中央办的徐海地区毛泽东思想学习班”即将结束；我们的父亲及其同道，在北京受到了毛主席接见，在天安门城楼参加了国庆观礼，在周总理亲自主持的会议上，被宣布为“革命组织”，即将在“大联合”中进入阁揆。我们没见到父亲荣归，在1970年最炎热的季节，茫然跟着众人，或坐车，或步行，缓慢地朝北迁移。有时候，我们会在半夜急行，听着不时响起的枪声，穿过一道道荷枪实弹者的关卡；有时候，会在烈日当空时驻扎在河堤的树阴里，口渴难耐，为米汤究竟是五毛钱半碗还是一碗，与附近村民激烈地讨价还价。进入到赣榆县一个叫墩尚的地方，我认出了街口的一门朝北架起的“八五榴弹炮”。那是我当时已经熟知的各种枪炮当中拥有最远射程和最大威力的一种。

我们全家被安顿在墩尚一家农户的锅屋里。炎热的夏季，白天几乎无法在屋内存身，只有等到那家人一日三餐做好、吃完，屋里酷热有所降低的深夜，我们才能勉强入住。印象里，那家人的房前有一个池塘，盛产蚊虫。母亲不知从哪里弄来一些敌敌畏，用纸蘸了挂在墙角，使白天的苍蝇和晚上的蚊子心事重重，来回盘旋，却不敢接近我们。在敌敌畏的有效护卫下，我们熬了七八天，转移到墩尚中学的一排瓦房里。但是，我们兄弟姊妹谁都没有想到，流亡生涯中最惊恐的一天，已经悄悄向我们走来。

那一天，母亲可能听说了一些重要信息，大概是北京代表已经返回，便准备出门打探父亲的情况。临行前，她千叮咛万嘱咐，让我们不要离开房间。就在母亲走后不到半个小时，我们所在的那排瓦房后面，忽然响起了炮弹的爆炸声。随后，我们从窗户里望见，大街上骤然涌出慌乱的人潮，顶着铺盖卷，拎着暖水瓶、脸盆甚至钢精锅，哭爹喊娘，纷纷朝北跑去。我们要不要出去？要不要跟着人潮逃命？如果不逃，炮弹落在房子里，把我们炸死怎么办？如果逃出去，母亲回来找不到我们又怎么办？就像专门要为我们的惊悚与焦虑增加分量，一声更加剧烈的爆炸，突然又在附近响起。两个妹妹，顿时哭成一团。我们的大哥一句话也不说。我们不知道他是因为有定力而不说话，还是拿不定主意该说什么才不说话，抑或是已经吓得说不出话来。由于等不到他的指令，我们开始擅做主张。二哥抱着一床被子就朝外奔，我则拿了一只脸盆先于他冲出门外。但是，我们只奔跑了两三步，又看见向北奔涌的人流忽然改变了方向，向南涌来。就在我们愣怔的刹那，大哥窜出房来把我们拽了回去。

哪里都不要去，大哥吼道，就在屋里呆着！

就像被大哥的吼叫镇住了一样，大街上向南奔跑的纷乱人群，竟然停了下来，开始驻足观望。而爆炸声自那以后再也没有响起来，甚至连冷枪也听不见一声。人们惊魂甫定，带着疑惑的神色慢慢走散，回到了各自的住所。

看来一切又复归于平静。傍晚时分，街上又有了三三两两的乘凉人。但是我们知道，平静是短暂而又脆弱的，因为一些背着冲锋枪的人，还不时在街上匆匆走过。我们的母亲仍然没有回来。我乘大哥不注意，溜到了街上。看见大街对面有个干部模样的穿白衬衫的中年男人，我走了过去，向他问道，同志，北京代表回来了么？

没想到那人注视了我一眼，忽然开口说，小四？

我也立即认出了对方，叫道，爸爸！

父亲与我时隔三年相见的情景，在他晚年的自传体纪实文学作品《山风海雨》中，是这样记述的——

“一个七八岁的孩子站在对面望着我，问：‘北京代表回来了么？’忽然又扑上来，叫了声‘爸爸’！我一看，正是我的小儿子毅恒！”

究竟是阔别后相见的父亲先认出了儿子，还是儿子先认出了父亲，我已经没有确切的记忆。推想起来，父亲的回忆也许更接近真相。因为从 7 岁到 10 岁，一个少年的形象可能变化很大；而一个 39 岁到 42 岁的男人，改变也许并不明显。特别是，瘦削而又不失英气的父亲，曾经在 1947 年作战负伤，是荣军中的二等乙级残废；他站立的时候，身躯微微倾斜，特征是明显的。按照父亲的回忆，他带着我回了墩尚中学，与家人团聚在一起。而我的印象却是，当时有许多背枪的人堵住了父亲的去路，出言不逊，并且推搡父亲。父亲与他们理论，告诉他们是周恩来总理让他们放下枪，搞“大联合”。聚集的人越来越多，母亲忽然也出现在人群里。就在父亲险些被失去理智的武斗队员推倒地的瞬间，我们的母亲站出来，对那些人喊道——

你们要干什么？母亲说，他一条腿打日本、打蒋介石打残了。你们还想打残他另一条腿？

随后母亲拉着自己三年没有见面的丈夫，拎起我的胳膊，说，走，回家！

我看见，母亲眼中噙着泪花，把自己的亲人连拖带拽，带回了我们所在的墩尚中学。但全家人见面后，没能说几句话，尚延荣叔叔便来了，神色沉重地向我们的父亲汇报情况，大意是只有我们的父亲出面处理，才能平息局面。父亲对母亲和我们说，不要担心，一切都快结束了。母亲说，能回家了？父亲肯定地点了点头。

1970 年夏秋相替的日子，我们全家终于结束了长达三年的流亡生涯。后来我们才知道，赣榆县距离郯城县不过百余公里，距离海州城不过几十公里，并不遥远；但高峰头和桃花涧在我们童年的印象中，却仿佛远在天涯。也许世界上最为遥远的距离，莫过于虽然近在咫尺，却几乎难以跨越。

流亡结束了，我们回家了。家里的两间半房屋，尘灰遍布，发出一股陈年积垢的霉味。但我们都不在意，搬来椅子和凳子踩着，到房梁上寻找一只白柳条筐。那里面一层层、一叠叠存放着我们没法带走的画书。但是，柳条筐不见了，被人搬走了。我们又到床底下、墙缝里，寻找三年前那些没来得及带走的宝贝。我幸运地找到了纸药盒和广口瓶。纸盒里的小刀虽然还在，但早已与“田字格”纸锈在一起，成了撕不开的一团；广口瓶里，踯里的钢蛋在木头里锈成了一个窝窝，踯已经朽烂。兄弟姊妹的很多藏品，再也不见踪影。想必我们逃亡之后，家里已经被村民光顾过多次。能拿走的，都拿走了，不仅有我们匆忙间未带走的宝贝，还包括鸡和鹅们，甚至一些家具和农具。

亲戚们开始前来探访。母亲的娘家人，周宅子五舅姥爷家的昌舅，带来了一条大灰狗。那狗一见我们便扑了上来。但它并没有咬我们，而是亲热地将头在我们身上拱来拱去。那是我们家的大狗。三年了，它依然还能认出我们。我抱着瘦弱不堪的大狗，久久不愿意放手。令人伤感的是，不久县里发起了打狗运动。昌舅又来我们家抓走了它；过了几天，送来一大块狗肉。如果在这篇即将结束的文章里，我说我们没吃昌舅送来的狗肉，肯定是假的；但是，说我们吃过狗肉后不难过，肯定也是假的。即使我们东奔西走，见过不少世面，吃过桃花涧的大馒头，我们也还是饿，还是馋。

但是母亲没有吃那块狗肉。母亲自从回到家里，几乎没有能够安逸地吃过一顿饭，没有能够静心歇一刻。她很快被城南公社李群书记启用，任命为我们所在移民村支部副书记，做张明喜书记的助手；张明喜是转业军人，后来进了县“七二化工厂”，母亲即被任命为支部书记。

你从前做过小乡乡长，李群书记对我们的母亲说，现在做大队书记，已经是委屈你了。

哪里，不委屈，母亲谦虚说，认真做就是了。

我们兄弟姊妹也开始准备上学了。按年龄算，我应该上三年级。但我很害怕，觉得自己离家的时候，上的是一年级；几年过去了，我好像什么都忘了，读三年级肯定“跟不上”，坚决要求从头学起。我们的父亲和母亲没有勉强我，让我从一年级开始重读。这样，我和两个妹妹同时上了一年级。

未来的日子，从摊在面前的新课本《语文》和《算术》上，又开始翻页了。

2013 年 3 月 10 日

北　窗

1972年，我们家第一次在两间半屋子的北墙上，开了两个窗户。1972年，给屋子开北窗，对于我们来说已经足够晚了；但对于我们移民所在的大朱洲村来说，却是最早一家。我们家给屋子开北窗之前，那个千户大村，还没有一家敢于和愿意做那样的事情。

那一年我12岁，已经到了可以背着手在村里晃来晃去的年龄。在我晃来晃去的观察里，大朱洲村每户老百姓家，都没有北窗；砖墙上偶尔嵌着一至两个砖孔，像电影里鬼子炮楼上的枪眼；泥墙上挖出的孔更奇怪，有些是三角形的。我被村里伙伴邀到家里玩时，进了屋子，只见光线晦明莫辨，橱啊、缸啊什么的，在幽暗的空气里沉默着，谨慎地注视着我们。适应了屋里的光线后，我常常会看见北墙上的孔洞，被主人用旧棉花套或稻草塞着。我知道，冬天来临的时候，棉花套或稻草会忠于职守，在墙孔里堵住侵袭的寒风；但春秋季节，主人往往也不会把它们拔出来给屋子通风。我们在屋里玩耍的时候，那些橱啊、缸啊，开始像人一样，发出似有若无的酸腐的腌菜气息。到了炎炎夏季，“枪眼”里吹进来的细风，哪里驱得散屋里的燠热！

为什么不开窗户呢？

开窗户！我们的母亲终于决定。开窗户！我们围着母亲，高声跟着说，内心同时生出压抑不住的喜悦。1972 年的夏季，我和二哥从生产队仓库借来大锤，开始砸墙。一声声沉重的闷响，惊动了后院的邻居，张学道和张保龄家。

张学道家派来了大女儿，叫粉，表示抗议："婶子，你们家不能开北窗呀。"我们的母亲微笑着，问为什么。粉说："开了北窗，我们家……你们就都看见了呀。"我的二哥停止了抡锤，问粉："你们家有什么怕见人的？"粉说："茅房和猪栏，不都在你们家墙后么？""我们不看你们家茅房。"二哥说。"猪栏也没有什么好看的。"我说。我们的母亲把粉拉到一边，柔声细语地对她说着什么。我们继续抡锤的时候，看见粉将信将疑地走了。

张保龄家派来了二女儿，叫说，表示反对："婶子，你们家不能开北窗呀。"我们的母亲依然微笑着，问为什么。说说："开了北窗，你们家……我们，就都看见了呀。""你想看就看吧。"我的二哥又停止了抡锤，说："你想看我们家什么呢？"说说："不是我想看……""不想看就别看。"我说："我们也不看你们家茅房和猪栏。"说盯了我一眼说："小屁孩。"然后，她走向我们的母亲，急切地说着什么。后来我们看见，说心事重重地走了。

我和二哥齐声问母亲："北窗还开不开了？"

母亲说："开！不然，闷死了。"

多年以后，我们才知道母亲当年决定开北窗，是下了很大决心的。中国淮河以北的民居，东窗、西窗和南窗常见，北窗的确不多。这一方面是因为苏北西北风烈，老百姓御寒的愿望大于通风的需求；另一方面，确实与民居坐落的格局和朝向有关。前后院之间，窗户开小了，像是瞭望哨；开大了，便是观景台。而不开窗户，既保护了他人隐私，也省却了邻里口角。我们的母亲知道风俗的力量，但还是决定顶着压力，开北窗。她的决定，当时在我们看来，称得上是伟大；在村里人看来，无异于石破天惊，因为张学道和张保龄家里人，那以后不短时间里，看见我们眼神都悻悻的。

但奇怪的是，自从我们家在北墙上开了两个大窗户，张学道和张保龄家，也先后开了北窗。我们不知道母亲用什么方法说服了邻里。后来才听说，那天粉和说回家后，向他们的父母坚定地传递了这样的信息：俺婶子说了，不开北窗，空气就不对流；空气不对流，会得哮喘病！

粉和说所说的“俺婶子”，即是我们的母亲。我们知道大朱洲村在称谓前加“俺”，是最亲近的叫法。母亲劝村里人开北窗的理由，说服力不可谓不强。确实，在我们的记忆里，那个移民村得哮喘病的太多了：隔街东面的张庆考，哮喘；隔两条街东南面的张作美和他的两个儿子，哮喘；南院的南院，王印德和他父亲王书汉，哮喘；为村里看代销店的张庆运，哮喘，终日脸色苍白，喘得腰都“龟”（佝偻）了……那些年里，因为迷恋代销店里糖烟酒发出的甜丝丝的气息，我和张庆运成了忘年交。后来他病重不能看店，卧床在家，我还常去看他。他躺在病床上，一边吃力地为我削木陀螺；一边咳着，朝盛了“过火”（草木灰）的碗里吐唾沫。他的妻子白净端庄，称得上是乡村美妇，带着两个女儿，十分贤惠。在没有开北窗的屋里，你看见她进进出出，却一点儿也听不见脚步声响。病人吃得最多的药，是甘草片和安乃近。我知道甘草片是平喘的，安乃近是止痛的。喘到痛的地步，说明张庆运的气管和肺已经坏掉了。有一天我去他家，见院里来来往往的，全都穿白挂素，才知道病人已经去世。病人的妻子披麻戴孝，正匍匐在地，哀哀哭着；见我去了，也没有忘记把张庆运削好的木陀螺找出来，交给我。

1972年的夏天，我们家在房屋北面的墙上开了两个大窗户，直接导致了屋后张学道和张保龄家也开了北窗。渐渐地，邻里的习惯也发生了改变，更多的老百姓家开了北窗。我不能肯定我们移民所在的大朱洲村哮喘病人众多，是因为村里北窗罕见；也不能肯定那年北窗渐开蔚成风气以后，与村里患哮喘病的日趋减少存在着直接的因果关系。我能够肯定的是，自 1972 年开始，空气中的八面来风路过中国中东部平原上那座移民村时，不仅从我们家那两间半屋子的南窗进去、北窗出来，也从众多开了北窗的老百姓家里的南窗进去、北窗出来。一年四季对流的空气，带走了屋里陈腐的气体和气味，减少了螨虫滋生的环境条件，同时也让我们呼吸到了极地借大气环流送来的清新气息。它们有的路过了西伯利亚，有的来自太平洋和印度洋。

2012 年 11 月 12 日

借　宿

妈妈，我睡觉了啊。我说。说话的我，那时候10岁左右。在六个兄弟姊妹中间，也许只有我会在晚上入睡前专门向母亲报告。哦。母亲说。母亲应了之后，我便爬到床上躺下。黑暗漫漶上来。家人说话的声音，开始慢慢变弱，变远；我感到自己渐渐变小，变轻，像是要漂浮起来，来到一扇门跟前。我知道，那是一扇梦的门；一走进去，我就要开始做梦了。但好梦还是噩梦，我事先无法知道。我努力扒住门，不让自己进去；可是，身体轻飘飘、软绵绵的，已经先于我的意志进了那扇门。我知道，梦开始了。

父亲后来有时会回忆起10岁左右的我晚上入睡前的习惯。妈妈，父亲学着我的口吻说，我睡觉了啊。我笑起来。我笑的时候，或者自己已经做了父亲。我知道，入睡前向母亲报告，是懂事的表现。我们兄弟姊妹多，晚上入睡前，母亲有时顾不上点卯，有个把两个贪玩的，整夜没归家，也说不定。我或者二哥，不是没有那样的记录。有时候，我就睡在自家院子的麦秸垛里。我先扒出一个洞口，然后钻进去。新麦秸暖洋洋的，散发着新鲜好闻的清香。我在洞里，感到又新奇，又刺激，想象着自己是英雄小八路，正在躲避日本鬼子追捕；或者就是我自己，看看母亲会不会在睡觉前找我。

我躲在洞里，耐心地等待着，等待着，感到自己渐渐变小，变轻，像是要漂浮起来，来到一扇门跟前。门似曾相识。我想起来了，那是一扇梦的门；一走进去，我就要开始做梦了。我不想做梦，更不想母亲真的找不着我，便努力扒住门，不让自己进去。可是身体轻飘飘、软绵绵的，已经先于我的意志进了那扇门。我知道，梦开始了。

第二天，我醒过来，准备接受母亲批评，却发现她已经走了。母亲做着大队书记，工作很忙。我松了一口气。但是晚上，母亲问话了。母亲说，昨天晚上，你睡在哪里的？我不敢看母亲的眼睛。我听见，母亲问话的时候，声音急切。我很不安，觉得对不起母亲，让她着急了；同时又想，已经过了一个白天了，她不会像头天夜里那样，既生气、又担忧了。她担忧和生气的情绪，已经渐渐混在一起，消耗在一天的工作里了；晚上再聚起来，分量已经不像我担忧的那么重了。我就睡在那里。我用手指着麦秸垛，对母亲说。我看见，母亲的眼神变得柔和了。冷不冷？母亲问我。我低下头说，我也不知道，我睡着了。

是不是自那以后便开始了每晚入睡前向母亲报告，我不能确定；能够确定的是，我们家的房屋，不是一间两间，也不是三间或更多，而是两间半。你可以想象，两间加上半间的房屋格局是多么奇怪。那是移民村大朱洲大队分配给我们家的。东侧的半间，放了一张父母用的床，加上一只站橱——我们能够看见的母亲唯一的嫁妆，便满了。中间是堂屋，放着一张大方桌、一张低矮些的长饭桌，都是文革结束后，父亲买来木料，委托我们五舅姥爷的大儿子（我们叫他昌舅）打的；印象里，还有一把椅子，几只高矮不齐、长短不一的板凳。日子久了，板凳有的变成了三条腿，有的木榫走型，硌屁股。只有一只板凳板比较平滑，吃饭的时候，兄弟姊妹便争着坐。某天我大喝一声，谁都别争了，给两个毛丫坐！两个毛丫，是指我的两个孪生妹妹。多年以后，她们一个做了江苏警官学院教授，一个成了中国作家协会会员，回忆起当年那个10岁少年的喊声，以及喊声中令人费解的分配思路，依然感动不已。两间半房屋西边那间，是兄弟姊妹六人学习和睡觉的地方。南面玻璃窗下，放着一张三屉桌，供我们看书写字用；北、西、东三个方向，母亲成品字型放了三张木床。晚上，大姐占一张床，两个妹妹合睡一张，二哥和我“通腿”（即睡觉时两人头脚相抵），挤用一张。在我10岁之前，刚满14岁的大哥，已经被县武装部的小包车（后来知道，就是军用吉普）接走，到很远的地方（后来知道，就是徐州）当兵去了；当的是文艺兵，因为他会拉京胡，会弹月琴。渐渐地，我和二哥越长越高，母亲把品字型右侧的床搬到了堂屋，让兄弟俩移出来住。那时候，如果家里来了亲戚，我和二哥都得出去借宿，以便给亲戚腾出床铺。日升月落，比肩的兄弟俩越长越快，日益人高马大。晚上睡觉时，我身上经常会多出一条大腿，那是二哥安放在几乎与他等高的弟弟身上的。多余的肢体，让我对黑夜产生了挥之不去的郁闷。

1976年，唐山发生了大地震，让老百姓对黑夜产生的不是郁闷，而是恐惧。大家都不敢睡在房屋里。晚上，在院子里睡觉防震，已经是家家户户的常态。但地震并没像传说的那样真正来袭，日子久了，人们又心怀侥幸，试探着睡回屋里。为防万一，村里开始号召搭建防震棚。我们家院子里不久也长出一间。墙是单砖砌的，用的是母亲想要翻盖锅屋的砖，顶上苫了沥青油膜毡。搭建过程中，我表现出令人生疑的积极；竣工之后，我意犹未尽，撅着屁股，继续在棚里施工。两个妹妹很好奇，探头探脑；但烈日烘烤后的油膜毡气味，很快把她们熏出了棚子。

你在里面干什么的，三哥？对她们所提的类似问题，我一般不作回答；因为燠热和忙碌，已经使我晕头涨脑。在防震棚里，我用砖砌了个台子，用树枝和绳子做了一张“床”。树枝并不听话，一个十五六岁的少年，也驯服不了它们。“床”做得凹凸不平，形容丑陋。我试着将自己的身体安顿在上面，就像打了胜仗的将军，享受着胜利果实。脊背被硌得很疼，但我却对“床”和自己，都十分满意。当天晚上吃饭时，我向母亲，向全家，郑重宣布了一个决定，大意是从当天晚上开始，我就不和二哥“通腿”了。

那你住哪里？母亲问。我知道，一个妹妹代我回答，他住防震棚！

里面地潮，能住吗？母亲又问。他做了一张床！另一个妹妹用抢答的方式，揭穿了我所有的秘密。二哥饶有兴趣地端着饭碗跑到院里，对防震棚视察了一番，回来说，什么床，简直就像一盘耙！

二哥所说的“耙”，是一种农具，长方形的木框，楔以铁钉，以牛为牵引动力，“牛把式”站在上面，用身体和农具的重量，粉碎和平整田里刚刚被犁过的较大土块。在那只被二哥称为“耙”的床上，我只睡了不到三天。那张床的平整与否，还在其次；重要的是，闷热、潮湿的防震棚里，蚊子、蚂蚁、蜘蛛、蝼蛄、蜈蚣，甚至老鼠，时常来捣乱。有一天，甚至进来一只小蛤蟆，跳到了我身上。早晨起来，我脊背酸痛，眼圈发黑；心事重重，想着怎么向家里认输，再搬回堂屋的床上。

走在上学的路上，我遇到“瞎瘦”，他问我为什么“呱嗒着脸”（即闷闷不乐）。“瞎瘦”左眼没有眼珠，人很瘦，社员就叫他“瞎瘦”；他姓张，庆字辈，大名叫什么，反而记不住了。印象里，“瞎瘦”无父无母，从小跟奶奶生活，人好，心善；我很愿意跟他说话。我说，我们家太挤了，晚上睡不着觉。没有地方住，你上俺家吧，“瞎瘦”说，奶奶才死，我一个人害吓得慌。不知你嫌乎不嫌乎，怕不怕。

我不怕。我说，只要你不嫌乎，我晚上就去。我知道“瞎瘦”奶奶的死，是我们所在的第二生产队帮他料理的丧事。说不怕，也是真的；因为在我那颗十五六岁的脑袋里，装满了无神论思想。晚饭时，我向母亲，向全家，宣布了又一个郑重决定：不再住防震棚，搬到“瞎瘦”家住。兄弟姊妹听了，对我是否真有胆量住进刚刚死过人的屋里，将信将疑。母亲轻轻叹息一声，默认了我的想法。

我搬到了“瞎瘦”家。“瞎瘦”帮我理好蚊帐和被单，又把家里的钥匙递到我手里，说他有时会不回家住，要去“看瓜”；他不在家的时候，让我晚上自己开门。我知道“看瓜”是社员中的“基干民兵”经常要轮值的任务。我也知道，实际上村里的老百姓并不会三更半夜跑到生产队瓜田里偷瓜，倒恰恰是负责“看瓜”的民兵，会趁机摘些熟了的香瓜、黄瓜甚至西瓜，大吃一顿。所以派谁“看瓜”，都会像如今中了彩一样，兴奋不已。我说，你“看瓜”，能不能带我去？“瞎瘦”说不行。不过他又表示，天亮以后，可以捎几根黄瓜给我吃。

“瞎瘦”的家，不像我们家前后窗户都开得很大，通风良好。他家的窗户都不大，前面的树枝作窗棂，不镶玻璃；后面的呈三角形，常年不开，用破棉絮堵着。屋里黑黢黢的，漂浮着似有若无的腌菜气味。“瞎瘦”值班“看瓜”的时候，我一个人躺在他死去不久的奶奶曾经躺过的床上，心里也曾掠过丝丝缕缕的忐忑。在无边的黑暗里，我朦朦胧胧看到一扇门。那是不是一扇梦的门呢？如果走进去，会不会又开始做梦了呢？要是梦见“瞎瘦”带黄瓜给我吃，还算是好梦；可是，要是梦见“瞎瘦”刚死去的奶奶呢？我的心怦怦直跳，努力扒住门，不想进去；但是，身体轻飘飘、软绵绵的，已经先于我的意志进了那扇门。我知道，梦开始了。

早晨起来，“瞎瘦”回来了，问我睡得怎么样，怕不怕。我说，我不是好好的嘛。他递给我一只带着露水和泥巴的小香瓜，说：你吃吧。我得补个觉，睡一会儿；“看瓜”怪累人的。

“瞎瘦”后来去了东北，他家的房屋由他堂叔代管，我在他家的借宿也就中止了。但我并没有重新搬回家住，而是去了村前小印家。小印不姓印，姓王，叫印德，是王书汉家的二儿子，中学已经毕业，聪明而又朴实，与我们的大姐一同在村办中学代课。

王家也是三兄弟。老大王京德，白净脸，细高个儿，一表人才；老三王顺德，和我是小学同学，个儿不高，小四方脸儿，看着你的时候，总是微笑着。他患痨病，上到四年级时，我们有好长时间见不到他；后来才知道，他已经病故，被父母默默埋掉了。王家兄弟，待我都很好。有一次，王京德对我说，想不想上吴山，买苹果去？吴山太远了，我说，要买苹果，沙河子园艺场近。可吴山的苹果好呀，王京德说，再过三天，我就能买一辆“大金鹿”，八成新。我骑车带你去！果然在三天后，他就骑了一辆八成新的“大金鹿”牌自行车，来到我们家，约我跟他一起上吴山。我从母亲那里要了五毛钱，坐上了王京德八成新的自行车。一路上，王京德说，好车就是好，你用不着怎么使劲，它就自己朝前跑。你看！说着，他双脚离了脚踏板，双手大撒把，让我看自行车怎么自行，一路朝吴山疾行飞奔。我感觉车速拉起的风，从脸上飞快地掠过。路边的鸡、鸭、鹅，被疾驰的自行车惊得飞上了树；树上的鸟儿，则被惊得飞上了天。那一天，后来成了我长久自豪的日子。要知道，吴山公社距离我们村所在的城南公社，有五十多公里；而我不仅和王京德去过，并且还一口气爬上了顶峰。正是在山顶上，我告诉王京德，我可能不再在“瞎瘦”家借宿了。王京德力邀我住到他们家。下了山，天已经黑透。我带着所买的五斤苹果，披星戴月回到家里；吃过晚饭，便住进了小印的家。

我之所以不说住进王京德的家而说住进小印的家，是因为小印和我的关系更好，也更特殊。那一则由于王京德在王家是长子，年龄比我大出十几岁，虽然很喜欢我，但深层交流并不多；二则因为小印有时要从我那里了解大姐的情况，对我格外亲近。而我对小印印象也不错，觉得他数理化学得那么好，是个有为青年。我心下暗想，不知道他和大姐能不能成为一家人。小印也有两个姐姐。他的大姐嫁到了城东公社的下口，靠近海边，大约是个殷实人家，时常会有虾皮和蟹酱送来娘家。二姐嫁到青口公社河南大队，丈夫有大男子主义作风，两口子时常伴嘴。我所以知道一些她们家里的事，完全是因为借宿的原因。两个闺女偶尔回娘家，晚上入睡前，在王家东厢房里，会有说不完的悄悄话儿。夜深时分，睡在他们家西厢房的我，依然听得见东厢房母女之间、姐妹之间，轻声说一些我似懂非懂的事儿。有时候，会有咯咯的笑声；有时候则是争论；也有的时候，会传来隐隐的啜泣声。他们家的大娘，插话并不多，偶尔会劝解几句，更多的是似乎理解式的倾听。我从来没有听见王书汉对儿女家事发表过意见。是在以沉默体现出家长的权威感，还是因为性格的原因呈木讷状态，我不知道真相。

小印对我们大姐的想法日益明晰和认真。有一次，我在东院同学的家里，撞见他和我同学的二哥私下里议论什么。小印神情痴迷，喃喃自语道："她那……"忽然见我到了跟前，他十分紧张，故意把话题扯得很远，大约是中国又派了几支医疗队去支援坦桑尼亚和赞比亚。但是他们不自然的表情，出卖了两个家伙努力掩饰的内容：一定和我的大姐有关。我感觉我在小印家借宿的日子快要结束了。不是因为王家不欢迎我，而是因为我觉得再借宿下去，已经有些尴尬。当然，主要原因不是出在小印身上，而是出在他死去的弟弟——我的小学同学王顺德身上。他是害痨病死的。我们家里人提醒大姐，那样的病，说不定有遗传。因为王家人的气管，似乎都不太好。王书汉腰间别着旱烟袋，虽然抽得不多，但终日咳嗽不止；小印的脸色，也时常呈红润状。而我能够向小印提供的有关大姐的情报，越来越少，并且质量也在下降。经常的情况是，小印听完从我这里打探的消息，情绪不是更好而是更差。他对我那么友善，我实在不忍心再看他从希望过渡到失望的眼神。某天的一件事情，让我搬离小印的家的想法，变成了事实。

那一天，我中午放学没有回家，直接去了小印家。他们家里没人。但这并没让我为难；因为信任，我同样拥有了小印家的钥匙。我开门进了堂屋，又随手将门掩上。我至今也说不清楚，为什么开门进去之后，要随手将门掩上。也许是我发现堂屋里有一只母鸡，想关上门捉住它；而实际上，后来我意识到，开着门更便于把它轰走。那只母鸡看上去并不怕我。我赶了两三步，便将它抱起来，想送出门去。就在这时，门一响，王书汉推开门、逆着光进来了。户主看见的结果是，一个不是自家儿女的少年，怀里抱着一只母鸡，而门关着。这是一种什么样的情形？意味着什么？我都不知道该如何向老人家解释，愣在原地，不知所云地说，一只母鸡。

王书汉张了张嘴，只说了一个字：啊。但我感到，老人家的眼神里闪念复杂。因为先前想着要搬走，不再在王家借宿了，我放下母鸡说，大爷，我来取东西，要走了。王书汉大爷又说了一个字，啊。我“要走”的话说出去了，心里虽然五味杂陈，也只能到西厢房的床上收拾东西了。我告别了王家，听见王书汉在身后说，以后有时间，来耍啊。

我离开了小印的家，心里怅然若失，以后也没再去“耍”。但我感谢王家善良的大爷、大娘、兄弟姊妹对我的接纳，感恩他们对我长时间的照顾。只是离开王家的原因和方式，令我感到非常别扭，甚至无语，长时间难以释怀。小印回到家里，发现我已经走了，十分伤心。更令他伤心的是，他最终也没能与我们的大姐成为有缘人。后来我多少也知道了一些情况，就是村里传说王家二儿子单恋我们的大姐，成了茶余饭后的谈资；王书汉脸上挂不住，心生不快。他们家早晚要回城的，他这样劝二儿子，你不要痴心妄想啦！王家户主的意思是，我们家本来就是城里人，不过是缘于国家政策下放到他们村来的；政策一时一变，我们家随时可能返城，而城乡的巨大差别却不会跟着改变。事实上，多年以后，小印成家立业，儿女健康成长，一切顺遂；而我们的大姐，则失去了可能的美满姻缘。母亲晚年说起当时的情形，对我们的大姐也心有戚戚。

离开了小印家，我的借宿生活并没结束，而是揭开了新的一页：住到了大宝家。

大宝是我从小学到初中的同学，因为我喜欢美术，绘画有些基本功，便很崇拜我，多次央我住到他家。他的父母也有这层意思。所以我离开小印家以后，径直去了大宝家。那时候，我已经升读高中，成了赣榆县中学名噪一时的"文科尖子"。随高中课本一同下发到学生手里的《中学生课外阅读文选》（第二分册）里，就收有我的作文《雷锋精神鼓舞着我》，并在文末加了"注"：作者李惊涛，城南考区高中入学考试作文成绩最高者。如今看来，那不过是一篇文字较为灵活、内容失之矫情的习作而已。高中时代，赣榆县中学，乃至全县的中学，经常举办语文或作文竞赛，我多次获得第一名。最高一次，是徐州地区八个县的语文竞赛，我又获得一等奖；奖品，是一台熊猫牌收音机。收音机的价值与分量，不亚于当今一台32吋的平板彩电。我把奖品抱回家，交到父亲手里。父亲喜上眉梢，增加了托着收音机在村里散步的频率，脸上洋溢的自豪感经久不消。正是收音机告诉我们，中国曾经有过的高考制度，很快就要恢复了。这让我们兄弟姊妹的学习和努力，有了明确的方向。

在大宝家，我受到了上宾待遇。他们家给我和大宝专门安排了一间房，宽敞明亮，并清除了农具、粮囤和腌菜缸，配了学习用的桌凳。当时，我一边在赣榆县中学读书，一边在县文化馆学美术。同在县文化馆学画的，印象里还有穆家善、郝海洋、宋运友、麦玉平和施新宇。他们后来有的名满天下，有的成为县邑名人，在美术书法领域各有成就和影响。指导老师丁元龙说，学美术，得像拳师或者唱戏的，要拳不离手，曲不离口。因此大宝家的墙上，贴满了我的各种素描、速写和图案设计。放学回到村里，只要天气好，我便带着大宝，背着画夹，四处写生。大宝追随着我，特别积极和虚心。受虚荣心驱使，我那时也患上了“人之患”，诲人不倦，教大宝画静物，画人头像和速写。我们两人甚至联手，在大朱洲村很多人家的墙上任意涂鸦：有的是为事主家喜事布置新房，有的则是为满足户主年节喜庆、美化环境的愿望，在他们家墙上画山画水，画鸟画花。

大宝的父母十分高兴。他们是地道的农民，并没指奢望大宝跟我学画以后就能考中美术学院，只是见到儿子已经有了受人重视的手艺，就感到十分踏实，格外看重大宝和我的同学友谊。

终止我借宿生涯的，是1978年的美术高考。当时我的二哥已经成为恢复高考后第一届大学生，考入徐州师范学院，在1978年春季入学。他的成功，对我一生影响深刻。当时我处于高中二年级第一学期，可以参加该年度提前举行的艺术类高考。你不难想象，文化课考试我顺利通过，之后便接到通知，去东海县牛山镇参加美术专业统考。临行前，大宝对我说，你好好考；你考上了，俺家脸上也有光！我在内心深处，也这样祈祷。

看上去，考试顺风顺水。先是速写，接着是素描，第三项是创作，题目是《万水千山尽朝晖》。我模仿李可染的逆光风格，有模有样地画了一幅朝日下的山水。最后的项目，考的是图案设计。在预定时间之内，我很快设计好图案，填好了色彩，长吁一口气，准备交卷了。一起参加考试的同学穆家善，图案设计得比较复杂，眼看交卷时间已经临近，色彩还没有填完；见我基本完工，央求我帮一把，为他填几个色块。我一生重友情和心肠软的两个特点，在关键时刻再次显现了令人欲说还休的效应：我答应了他，拿起了水粉笔。在一个单线平涂的小色框里，我刚替他填了一笔颜色，主考官过来了，厉声问，你们在干什么？我的脸霎时失血，吓得煞白，心跳几乎停了下来。结果可想而知，因为穆家善情急之下的一念之闪，葬送了我们两人当年考入美术学院的梦想。主考方念在程度不重，取消了两个考生的资格，不再进一步追究。

带着穆家善打拱作揖的歉意，我心灰意冷地回到了赣榆县城南公社大朱洲村。晚上，我闷闷不乐地向家人通报了情况，然后来到大宝的家，默默地收拾行李。由于二哥到徐州上大学去了，家里的床铺已经不像平时那样拥挤。如果不是大宝在那以前的竭力挽留，如果不是为了维持自己在大宝心目中的形象和友谊，如果不是觉得自己在美术方面可能有所造就，我早就搬回自己家堂屋里住了。但是，现在，一切都该结束了。我甚至没有勇气向大宝描述美术专业考试的现场情况。大宝见我收拾行李，茫然无措，最后忍不住，问我在东海县考试的情况。我说，别问了，成绩暂时出不来。

我收了心思，放弃了美术，次年顺利考入北京师范大学中文系，离家前往京师报到，开始了真正独自远行的生活。自那以后，直到我在北京毕业留校，娶妻生子；再到调回连云港市编辑文学期刊、从事电视传媒，及至现在调入杭州，重回高校，基本上没有在赣榆县的老家长住过。也就是说，16 岁后近三年的借宿，实际上是我独立生活的一个过渡。借宿，虽然有被迫和无奈的一面，但回首一望，却又觉得未尝不是母亲默许的一种历练。因为无论借宿在谁的家里，一个十五六岁的少年，总还处在母亲的视野里，并没走出她牵挂的视线。

2012 年 10 月 8 日

附录：两个人的命运走向

穆家善。自东海县牛山镇考试失利后，他回到县里，冬季参军入伍，到部队里学习放电影去了；几年后从部队转业，又回到了赣榆县文化馆。穆家善是个执着美术梦想、决不轻言放弃的人，后来再次参加高考，终于如愿走进南京艺术学院的大门。他入学报到的时候，我已经在北师大中文系留校任教。读到大学二年级时，穆家善曾经到北京看望我。他蓄着长发，穿着花格衬衫、牛仔裤，抽着雪茄，一副落拓不羁的叛逆者模样。夕阳西下时分，我们一道去了北京圆明园。在落日余晖里，我们坐在被烧毁的遗址上，喝着二锅头，就着猪头肉，很快不知今夕何夕。又是若干年过去，侨居美国的穆家善，不停地在世界各地举办画展，已经成为有了国际影响的美术教育家。五十岁时，他终于找到和确立了自己在绘画艺术上的独特表达方式——焦墨千毫皴。就在我写这篇文章的今天，2012 年 10 月 8 日，他打电话告诉我，他将在 10 月 10 日，到中国文化部艺术研究院上班了。折腾了这么多年，晚年我要平安软着陆了。他说，他们聘我回国做研究员。被中国艺术研究院聘为研究员后，他在 2014 年 1 月，开始招收美术学研究生。曾与我一道在杭州湖滨路国际名品街看“16—18 世纪欧洲经典名画原作展”的易博士的公子，就读中国美术学院工业设计专业，新近打算投考穆家善“焦墨画创作与研究”硕士。

大宝。当年他央我借宿他家，主要是为了跟我学习绘画。但我艺考不遂，中途转道考入北京师大，大宝只能一脚踏空，继续务农。设想当年如果不是受穆家善牵连，或许我也能在美术领域有所成就，这样，对于大宝的绘画爱好，不可能不有所助推。我在写作方面的禀赋，也许早在冥冥之中，注定了自己一生的方向，不是美术，而是文学。而这就不是大宝所愿意追随的了。前几年春节，我和两个妹妹回到故乡——镌刻着我们无数童年记忆的移民村大朱洲，见到了许多儿时的玩伴和乡邻，包括大宝。他正在我们东院的同学当时所开的家庭作坊式工厂里打工。说起三十多年前的往事，大家唏嘘不已，都很留恋。大宝告诉我，当年我留在他家的那些绘画习作，已经对他的儿子产生了很深影响；如今，孩子痴迷地爱上了美术。自那次回乡至今，又是几年过去了。妹妹新近告诉我，大宝的孩子如愿考进了南京艺术学院美术系，成了穆家善的校友和学弟，实现了他父亲当年没能实现的梦想。

我们的棉花，我们的棉衣

秋天来的时候，大田里白花花一片，那是棉桃开花了。秋天要走的时候，移民村生产队开始组织妇女摘棉花。我们也混进去，为大娘、婶子和村姑们帮忙，忙得不亦乐乎。正像你知道的，我们，就是我和我二哥。我们自认为摘得认真，把大朵的棉花从棉秸上拽下来；手里攒了绒嘟嘟的一捧，便往妇女们胸前的布兜或篮子里放。但是，我们的劳动并未受到尊重或欢迎。因为我们从这一垄跳到那一垄，专摘朵大的棉花；小的、瘦的、瘪的、没长开的和泛黄的棉桃，我们一律视而不见。

该上哪要上哪要去！很快有人叫起来，莫待辇儿添乱。

在移民村方言里，“待辇儿”是“在这儿”的意思。我们知道，十来岁的小哥俩虽然忙得满脸是汗，却没被视为合格的摘棉人，而是成了捣蛋鬼。因为被我们踩过的棉垄，大朵的棉花已不多见，降低了大娘、婶子和村姑们收获的喜悦不说，还要连累她们奈心地收拾残局。

妇女们一垄垄走过棉田后，棉花秸的黑褐色便取代棉花的白色，成了大田的主色调。男人们开进田里拔棉花秸的时候到了。他们撤出后，一丛丛棉花秸便整齐地堆放在田里，等待生产队的会计和司秤员来分配了。那也是我们登场扮演主力军角色的时候：往家里运输分配的棉花秸。

我曾经用一只心爱的轴承和两根树棍，做过一辆小推车，歪歪斜斜地推过两个妹妹；往家里运送棉花秸，正好派上用场。我们在分好的棉花秸堆里找到贴着母亲名字的纸条，与二哥费尽周折，把棉花秸捆绑到小推车上。往田外推送时，小推车遇到了不小的麻烦：车轱辘（即轴承）太小，土地太软，“轮子”不断陷进地里，几乎寸步难行。二哥提议将小推车变成担架，和我一路将棉花秸抬出了大田。到了硬土路上，我们的优势很快显现，轴承小推车运行自如，人们看不见车轱辘，只看见一路上尘土滚滚，一堆棉秸贴着地皮行走如飞。我们顺利地将棉花秸运回家里，靠院西侧的篱笆墙码好，又将运输功臣——也就是小推车，倚墙放好，而后背着手，心满意足地打量着它们，内心充满了做成大事的喜悦。

看什么那你们？我们身后响起了一个大青年的声音。棉花秸里有金元宝？

我们回过头来，见到了母亲最小的弟弟，也就是我们的四舅。原来母亲要到县里开“三级干部大会”，托人捎信让四舅来看顾我们。我兴奋地告诉他，生产队分的棉花秸，我们用自己做的小推车运回来了！

什么小推车？我们的四舅问，哪里有小推车？

我自豪地从墙根下取过小推车，递给四舅。没想到他看了看，双手沿两根树棍做成车把的方向，用力扯了一下。车身顿时有些松动。

这个，我们的四舅不屑地说，有什么用？！

接着，似乎为了显示膂力，又似乎为了证明他判断的正确，大青年两手抓着车把，用力一抖一扯，小推车便在我们眼前四分五裂，散了架。望着刚刚立下汗马功劳的功臣被“车裂”，我又心痛，又委屈；但对大人否定小孩发明创造的轻率和轻蔑，却敢怒而不敢言，因为他是我们的四舅。那天晚上，我一个人走到街上，独自伤心、郁闷了很久。

大田里收获的棉花，先是被生产队晾晒在打麦场上，之后又打成四四方方的棉花包，送到县城的仓库，被国家统购统销了。据说，它们最终的去处很远，是非洲；又据说，是毛主席要求中国用自己的白棉花，给黑人纺布做衣裳的，原因是他们代表了全世界三分之二受苦受难的人民。

上好的棉花支援了黑非洲人民，剩下的劣质棉花又被县里发回村里，由生产队再分配。我们家分到了近百斤籽棉。所谓籽棉，即是连皮带籽包在棉桃里的棉花。我们一看，正是摘棉花时被我和二哥淘汰的那些“小的、瘦的、瘪的、没长开的和泛黄的棉桃”。母亲和大姐细心地把它们按等级分拣了一番，挑出有花絮的让我们一只只剥了，摊开晾晒。我们剥棉桃时，手指甲经常崩坏，心里不免对毛主席生出怨气。因为我们知道，家里好多年没有新棉花了。冬天套被子、棉袄和棉裤时，我们的母亲总是将旧棉絮翻来覆去地锤打，或者请人用很大的弓来弹，才能将它们变暄和。有些陈年棉絮，无论怎么折腾都不行，要么硬得像砖头，要么已经粉化，根本没法弹了。当然，有人家里有喜事，政府也会按新郎、新娘家里的人头分配棉花票，限量供应。但是，谁家会每年有喜事呢？不过我们生毛主席的气，时间也不长。因为“新三年、旧三新，缝缝补补又三年”的雷锋，从脑海里跑来安慰我们；龙江村的江水英，也从电影里赶来开导我们，让我们很快生出了愧疚。特别是毛主席去世后，我们从新闻纪录片中看到他的睡衣和毛巾上也打了不少补丁，才知道错怪了老人家，察觉到自己当年的觉悟是多么成问题。是啊，我们已经当家作主，过上了幸福生活，怎么能只想着自己家用新的好棉花，忘记了非洲人民呢。

冬天临近的时候，劣质籽棉里剥出的棉花晒好了，我们的新任务也开始了。母亲一边忙着村里的工作，一边吩咐我们兄弟姊妹，要每人用筷子和铜钱做一只线棰，纺线。按说，纺线这种活儿，不应该是我们小哥俩这种人做的。但是大姐用一句话，就把我们镇住了——

不想纺线？新棉袄、新棉裤不想穿了？

不想穿？我们大声反驳着大姐，谁说的？

没人说，那就纺线！大姐将纺线棰扔过来，便再也懒得理我们。因为她纺线的任务，比我们更重，没有工夫跟我们废话。

我们非常无奈，只好像满村的妇女那样，左手握着一团棉花，下面嘀溜着一只线棰，右手不停地捻着棉线，给悬垂的线棰旋转加力。纺线，是个技术活儿。你得一边照看着旋转的线棰，一边兼顾被线棰的旋转重力拉扯的棉线，均匀地往里添加棉絮，急不得，也躁不得。而那些劣质籽棉里生成的花絮，时常结成疙瘩，使本来匀速旋转的棉线忽然变粗或变细，甚至断掉，很难掌握，可谓成功与否，命悬一线。我们纺出的那些棉线，总是被大姐奚落、嘲笑甚至否定。但当我们想要罢工时，又总是被威胁冬天穿不上棉袄和棉裤，使我们的心情像自己纺出的棉线一样恶劣地纠结着。二哥宽慰我说，听说延安时期周恩来也纺线，还得过奖状呢；他用的纺车，至今还存在博物馆里。

要是有纺车，我也能得奖状！我闷声说，哪里有纺车？

确实，哪里也没有纺车。全村男女老少，手里只有一只只纺线棰。好在家里纺出的棉线摞成一堆的时候，我们解放了。母亲借来了村里共用的织布机，开始织布。经常的情景是，我们夜里一觉醒来，看见灯火如豆，将母亲和大姐辛苦的身影放大到墙上，耳畔绵绵不绝的是织布机单调的哐哐声。慢慢地，她们用手臂推出的有节奏的机枢声，又将我们重新送回梦乡，直到报晓的公鸡叫来晨光。

在我们酣甜的睡梦中，粗布一寸寸、一尺尺地被母亲和大姐织出来了。看上去，它们和麻袋差不多，不仅手摸上去疙里疙瘩，颜色也白不拉唧的，难看得很。但是，那并没有难住我们的母亲。就在织布机被抬到下一家去的时候，她从外面带回一个神秘的草纸包。我们踮起脚尖，看见母亲粗糙的大手握着的草纸包里，有一撮紫里透黑的粉末儿。母亲欣喜地告诉我们，说那就是用来染布的染料。

很快，我们家的大锅开始烧染布用的开水。水沸腾起来后，母亲把水一瓢瓢舀到一口大缸里，而后将草纸包里的粉末儿抖了进去。刹那间，缸里气泡翻滚，发出一种刺鼻的气味；一缸清水，也瞬间变成靛蓝色。母亲立即将织好的粗布投入进去，然后用家里推磨的磨棍迅速搅动起来。我们还从来没有看见母亲的身手会那样敏捷。她一边搅动布料，一边快乐地告诉我们，布很快就会染好，一定会非常好看。

我们问她，为什么布放进缸里要那么快地搅和?

不快点搅和，布就染不匀。母亲说，染花了，你们就得穿花衣裳了。

我不愿意穿花衣裳。二哥指着我说，他可能喜欢穿花衣裳。

你才喜欢穿花衣裳呢！我对母亲说，染花了也没事儿，正好给大姐和妹妹做衣裳。

过了一阵儿，我们的母亲让大家一起搭手，把布从缸里捞出来，在院里拉起的绳子上展开，晾晒。我们看见，染成了的布颜色虽然不均匀，有的地方深一些，有的地方浅一些，还有的地方，正如母亲所说染成了花的，就像云贵川的蜡染一样；但是，原来不奈看的白粗布，确实变成了色泽统一的靛青色。母亲看着染好的粗布，十分高兴，说布料干了以后，颜色会更均匀，并允诺我们，天冷的时候，全家一定能穿上新的棉袄、棉裤！

1972 年的冬天，用呼啸的寒风扑打着我们家的后窗，告诉屋里人它按时来了。母亲熬了两个通宵，用粗纺布贴补着，为我们的两个妹妹分别做成了新棉袄和新棉裤。不过，气温骤然降到零度以下的时候，我们没能穿上母亲承诺的新棉衣。

我们的母亲，做着那座移民村的支部书记，同时做着六个孩子的母亲。大哥很早参军去了，环绕着母亲的是大姐、二哥、我和两个妹妹。妹妹年幼不经冻，母亲只能挤赶时间，先把她们的棉衣做好。但直线下降的气温并没照顾母亲忧心忡忡的感受，只是一味增加她的焦虑和歉意。大哥少小离家，大姐在家里履行的其实是兄长的角色。在母亲一生的茹苦含辛中，有大姐的帮衬，心理上也得到很大的安慰。长年以来，我们对于母亲的爱戴中，也含有不少对于大姐的敬意。可即便如此，技术含量很高的针线活，比如做棉衣，大姐还是力难从心，帮不上忙。

那年冬天第一场雪落下的时候，一个干净利落的中年妇女，操着一口普通话，走进了我们的家门，亲热地喊我们的母亲“她大姑”。母亲看见来人，喜出望外，让我们喊“二舅姆”。二舅姆来自东北大兴安岭某个林场，常年在那里照看她女儿的孩子；此次回关内省亲，把外孙也带来了。孩子叫“春生”，生得漂亮而又白净，只是有点怯生，喊我们的母亲“姑奶”。

我们马上被来自远方的二舅姆吸引了，不仅喜欢她那与广播相似的口音，而且被她讲述的东北故事深深地迷住了。我们知道了熊瞎子会从背后用熊掌拍人，人不能回头；因为一回头，就会被熊吃掉脸。我们还知道东北人在冬天会到冰冻的湖面上凿洞钓鱼；知道东北有三件宝——人参、貂皮、靰鞡草……夜深了，我们久久不愿入睡，直到春生上床前喊着要找尿盆，我们才知道，原来东北人晚上不去茅房，而是在屋里解小便。为什么？我问二舅姆。她眨着细长的眼睛盯着我说，晚上出去，小便解到一半会冻成冰柱，得拿小树棍敲；那不是要把小鸡鸡一起敲掉么？

看来东北也不全是好玩的。我们将信将疑，带着对于远方的遐想渐渐入睡。

没想到，更令我们惊奇的事情，发生在第二天早晨。说惊奇不够准确，应该是“惊喜”才对，就是大姐、二哥和我，全都见到了向往已久的新棉衣！新棉衣是用旧棉衣翻做的。并不宽裕的粗纺布，被贴做里子使用。可是要知道，每人两件，那就是六件啊。望着忙于试穿新衣的我们，母亲说，二舅姆真是巧手、快手，一宿没睡，为我们裁布做衣，连夜赶出了所有的新棉衣！我们回望二舅姆，发现她那白净的脸上，现出了魔术师般的开心笑容。

我没睡，恁妈也没睡。二舅姆说，衣裳是我们老姊妹俩一起做的！

我穿着全新的棉袄、棉裤，感觉样式很特别，就像年画上工人穿的背带工装，差不多是把我装进去的。二舅姆用灵巧的双手，不断在我身上拍打，想让新衣裳与我的身体更熨帖。她的拍打，让粗纺布里子像麻袋一样紧贴到我正在发育的身体上。我不但不感到扎得慌，反而感受到一种实实在在的温暖，渗透到全身。

那年冬天，令人惊异的事情接二连三。大约在母亲和二舅姆彻夜的穿针引线中，在我们的睡梦里，一场据说是50年不遇的大雪，静悄悄地下了一夜。当我们兄弟姊妹五人互相比对着新棉衣，并且生出要到街上炫耀的冲动时，打开房门，我们发现，满眼是雪，院子和院子里的鸡舍、猪圈，以及靠院西篱笆墙堆放的棉花秸，统统不见了。堵在门前的积雪，至少有三五尺厚。但是，我们不怕。因为兄弟姊妹五人，都穿上了粗纺布做衬里的新棉衣。

只是，谁都没有注意到，我们母亲的身上，那年连一寸新布都没添。因为做完五个孩子的新棉衣，本来就有限的粗纺布，都用完了。

2013年7月16日

年夜饭

在童年的印象里，母亲慈爱、宽厚而又大气，父亲则是个智慧、幽默而又达观的人。但是，父亲平日里并不常见。母亲说，恁爸在县里上班，星期天回家。于是我们就盼星期天。但有的时候，父亲星期天也不回家；因此，他回家的星期天就变得格外珍贵。只要星期天快到了，母亲也会显得快乐，说，明天，恁爸就要回来了。母亲说话的时候，脸上会有红晕，声音也轻快起来。

父亲回家，不仅母亲高兴，我们兄弟姊妹更兴奋，因为伙食会改善。父亲一回家，母亲平时舍不得吃的鸡蛋、不常买的豆腐，我们都能够吃到。这且不算，父亲每次回家，还会从自行车梁悬挂的帆布兜里拿出一些好吃的。那种帆布包，现在已经绝迹，其形状如同上个世纪二十年代行商肩上常见的“褡裢”；那里面装着我们儿时的憧憬。只要自行车铃铛在村口一响，我们的心就会激跳起来，跑去迎接父亲。而他爽朗的笑声和与本地人不一样的口音，却在街口延宕着。我们拉他回家，从他自行车梁的帆布包里往外掏好吃的，有时是瓜果，有时是糖块，更多的时候，是一些小鱼小虾。你一定猜得出来，我们的父亲，还是个好吃而又会做的人。

好吃和会做，原因和结果被父亲兼于一身。他星期天回家，总是能够带回新鲜的小鱼小虾；最不济，也会带回一些小蛤蜊，做成一锅汤，上面撒些芫荽（我们叫它芫菜，即通称的香菜），有时也会撒些韭菜叶。我们喝着，觉得特别鲜美。这是天下第一鲜汤，二哥说。我们听了，纷纷点头。母亲对此却不以为然，用不屑的口吻说，要吃吃大鱼大肉；腥鱼烂虾，有什么吃处！我们的父亲就不说话了。大鱼大肉，父亲何尝不想买，我们又何尝不想吃。但是，在上个世纪60至80年代，父亲平日里无法做出那笔预算。47元的月薪，他领了将近30年，没见国家涨过。

要吃大鱼大肉，只有等过年。

我14岁那年除夕，父亲年夜饭准备得特别早，似乎是过了腊月就动手，因此也提前启动了我们的期待。那些天里，父亲不时往家里带来母亲平素里念叨的大鱼大肉。最早进家门的是马鲛鱼。父亲意外地决定用油先把鱼炸一下，以便除夕那天再红烧。家里平素烧鱼的时候，母亲似乎总是退避三舍，主动请父亲出山。无论河鱼还是海鱼，父亲烹制时总是香飘满街，让我们觉得特别鲜美。印象里，除了海州湾盛产的黄脐鱼父亲喜欢用油煎了吃，其他的鱼类，父亲均不过油，总是先以油、葱、姜、辣椒、花椒烹炸了汤汁，再将鱼氽进去，甚至带鱼也不例外。我成家立业后，有一次朋友徐习军的夫人李薇出差南京，他伺机请张文宝和我到家里小酌，我曾露过一手“非油炸红烧带鱼”，大受好评，即是传承了父亲的方法。而那年备年货时，父亲之所以先用油炸马鲛鱼，主要是为了延长存放时间，因为碰上了暖冬。

油炸马鲛鱼的香味，在我们家锅屋里升起，随即飘到了街上。我和15岁的二哥为了验证香味飘出的距离，追着鱼香来到了大街上。很快，我们发现有些邻居探头探脑地走过来。

真香啊，他们问，你们家来亲戚了？

不是来了亲戚，我说，我们家炸鱼自己吃。

邻居们诧异之余，投过来的眼神——用现在的话说——有些“羡慕嫉妒恨”。离过年还早着哩，他们说，现在就吃上油炸鱼了？

不是现在吃的，二哥解释说，是备年货的，我们家。

隔街的东院邻居张庆考，胳肢窝夹着煎饼，越过我们兄弟俩，直接走进了我们家。我们跟着他，见他进了锅屋，看我们的父亲用筷子往滚沸的油锅里一块块送鱼。看了一会儿，张庆考将煎饼朝我们父亲的面前一摊，说，来几块，解解馋！

我们的父亲显现了罕见的大方。他朝张庆考的煎饼里放了四五块炸鱼。张庆考捧着煎饼的手，依然坚持不换姿势，直到我们的父亲朝他煎饼里放了七八块鱼，才连连说好，然后包起煎饼，大口大口地咬食起来。我们兄弟俩站在他身后咽着唾沫，觉得也许是刚才上街验证香飘距离的不明智行为，才引来了张庆考，心里别提有多懊悔了。张庆考吃着油炸马鲛鱼，察觉身后有异动，转脸对着我们兄弟俩，用赞许的口吻说，十年一过，都行了！

我们听得懂他的话。我们知道他吃了我们家一年才吃得上一次的油炸马鲛鱼，不得不送上几句赞美。而赞美的对象，最好是主人家的孩子。事实上张庆考的话，我们从所在移民村的邻居嘴里，经常听到，唯独张庆考很少说。因为他家里也有七八个孩子，年龄和我们相仿。我们知道张庆考很少那样赞许我们，是因为他宁愿自己的孩子成长得更快。但是，那一天他吃了我们的父亲慷慨送给他的油炸马鲛鱼，再不说几句好话，实在说不过去了。十年一过，都行了！对我们的这种赞许，二哥当时做了简单分析，认为张庆考并没吃亏，因为那样的期许里肯定也包括了他家的孩子，等于一起赞美了。所以，当时他一呱嗒嘴，我们就明白他是什么意思了。

随着年关临近，我们对父亲回家的期盼程度也水涨船高。这期间，张庆考经常揣着煎饼到我们家里来。但是我们已经无暇对他给予更多关注了，因为父亲时不时带着年货从县城回来，而且每次都有新的惊喜。

今年过年，肥了！我们的父亲说着，从自行车大梁的帆布包里，拎出一挂“猪下水”。“猪下水”是通行概念，在我们儿时的方言记忆里，似乎叫“联肝（音 gang）肺”。只见他拎出猪的“联肝肺”后，又拎出半爿猪头，然后，又是几只猪蹄子。他自豪地告诉我们，这是他从谁谁那里，特批来的。这且不算，父亲还宣布了一个令我们难以置信的决定。

我打算花一百块钱，父亲说，像模像样做顿年夜饭。

我们兴奋得嗷嗷直叫。平时多烧一只三分钱煤球都会对母亲不满的父亲，为什么愿意花巨款做去年夜饭？当时我们并不完全理解。而他接下来的一句话，直接将我们的期望值推向顶峰。今年过年，父亲说，全家好好解解馋！

除夕就要来了，父亲大显身手的时候也到了。天寒地冻时分，我们牢牢地围在父亲身边，看他用嘴认真地吹着猪肺管，将它吹得十分胖大；又用一只专用的镊子，细心剔除猪头和猪蹄上残余的毛茬儿。我们知道，年夜饭时，我们又能吃上卤猪肝肺、猪头糕或猪蹄糕了。

菜肴分系。老家郯城，在鲁菜系里。父亲一边摆弄手里的副食品，一边对我们说，鲁菜宴席上，荤菜分“上八珍”和“下八珍”。

那卤猪肝肺是“上八珍”么？我们问父亲。

卤猪肝肺不是“上八珍”。父亲说，“上八珍”是燕窝、鱼翅……

我们心有不甘，又问，那猪头糕和猪蹄糕，该算“下八珍”了吧？

也不算。父亲说，“下八珍”是海参扒肘子……

我们听着父亲讲述着鲁菜的美味佳肴，感觉十分受用。虽然没有吃过鲁菜的上下“八珍”，但我们对它的各种配置和序列早已了如指掌。因为父亲每年准备年夜饭时，都要向我们复述；已经问过N

遍的问题，我们每年都会再问一遍。尽管问的时候，我们早就知道答案；但是，我们依然爱问。因为我们知道，哪怕是过年，家里也永远吃不到燕窝和鱼翅，甚至海参扒肘子了；我们从记事以来，似乎也只是从父亲嘴里听说过。而眼前的“联肝肺”、猪头或者猪蹄子，伴着父亲的述说，却很快就要成为我们口中的“八珍”。父亲清理它们的时候，我们看得见、摸得着；做好之后，色香形味也同样实实在在。对于我们来说，它们的诱惑力就是想象中的各种“八珍”。

那年除夕的年夜饭，我们的向往先是按天、后来是按小时计算，并且用减法扣除。二十多年以后，我们知道才那种方法叫做“倒计时”。除夕，在父亲于煤炉前不停的煎炒煮炸中，在母亲和大姐烙煎饼、蒸馒头、做豆腐的紧张忙碌中，在两个妹妹用报纸糊墙后主要是张贴样板戏剧照还是年画的争议声中，在我和二哥到村后河里抬沙子回家铺院子的喘息声中，总之，在我们充满憧憬的“倒计时”里，来了。

连续几天的忙碌，该做的都做了；到了大年三十的下午，我和二哥忽然无事可做。这是我们真正幸福的时刻。我背着手，心满意足地围着堂屋里的长桌转来转去。我在等待年夜饭。这时候，二哥提议我们到街上去玩。我认为他的提议很好：用延宕吃年夜饭的时间来延长幸福感的想法与做法，与我当时的心理如出一辙。

我们走到了街上，迎面碰上了张作顺。他是我们所在移民村的党支部成员，也就是说，在母亲做支部书记的班子里。咦，他嗅着鼻子，眼睛盯住我们问，这么香！谁家的？

我们家的，作顺大爷。我抢着说，同时脸上溢满了喜悦和骄傲。

那我得去看看。他吸着鼻子说，径直走进我们的家。

为了加大等待的幸福指数，二哥提议我们俩继续忍饥挨冻，在街上玩耍，以便最后回家大吃大喝一场。但我心里却生出不祥的预感，放心不下张作顺，打算尾随他回家。二哥对我的意志薄弱表示了鄙夷之后，继续在街上溜达。我回到家里，看见我们的父母正与张作顺热情谦让着。张作顺在堂屋东看西看一番，最后把视线投向我们摆放年夜饭的长桌，并且发出惊叹。

这么多菜啊，老周！他说，真叫人不想走啦。

不想走就在这里吃好了，母亲说，吃完再回家过年。

张作顺想了一下，似乎想谢绝。我站在他身边，十分想听到他嘴里说出那样的意思。但是，他说出了与我们母亲的建议相同的声音。

吃完再回家过年，也一样。他说，哪里过年还不是过。

张作顺在我忧心忡忡的眼神中，一屁股坐下了来，抽出腰间的旱烟袋，往里摁了一袋茄烟。我忧心如焚地看着他。他丝毫不以为意，开始抽烟了。母亲从堂屋走了出来。我跟在她身后，想出来劝她收回对张作顺的邀请。但母亲走向了正在锅屋做菜的父亲，与他商量，大意是张作顺要在我们家吃年夜饭；既然支部班子里他来了，不请其他人不好，索性都请来，一起吃吧。父亲沉吟了一下，对母亲说，我前几天炸的马鲛鱼，你放哪里了？

母亲说，你不是放在厨上小簸箕里面的么？

是啊，父亲说，可那里面就剩几块了，不够做一盘菜的。

母亲恍然想起什么来，对父亲说，哎呀，庆考常拿煎饼来卷了吃，是不是叫他吃完了！

这事儿，他能办。父亲说，你刚才说什么？

母亲将请支部班子人来家里吃年夜饭的想法，又说了一遍。父亲再次朝堂屋看了看，最后表示同意。就这样，母亲离开家门，开始请支部班子里的人来家里吃年夜饭。很快，家里的堂屋便来了新客人，有张明喜，有傅永信，还有隔壁的邻居张明岗，加上张作顺，把我们家吃饭的长桌基本坐满。由于桌子不大，我们兄弟姐妹上桌一同吃年夜饭的可能性，已经没有了。大姐被安排在锅屋烧火办菜。二哥被从街上叫回来承担开酒和倒酒的任务，因此也就有了陪客的资格。只有两个妹妹和我，被大人要求在里屋等着，待大人们吃过后再出去吃饭。

我和两个妹妹挤在里屋，看见桌上的菜肴渐渐摆满——那正是我们期盼了很长时间的美味，由父亲一手烹制的佳肴；看见父母陪着村支部成员和邻居们围在桌前坐下来。这时候，父亲说，要不要来点“猴子药”？

我知道父亲所说的“猴子药”，指的是白酒。因为乡间走街串巷的耍猴人，为了让猴子进入兴奋的表演状态，常常会给它们灌点白酒。但父亲的话里还有另外的成分，即很多人喝了酒以后，脸色发红，他常嘲笑为猴屁股，因为猴屁股的颜色也是红的。我们的父亲，一生不喝酒；唯一嗜爱的食物，是水饺。过节时，家里十有八九会包水饺。拌饺馅儿的工序出现时，母亲会郑重地请出父亲，由他亲自调味。因为父亲，我们从小就知道了味精；并且注意到，父亲往饺馅里添加味精时，十分豪放。大包装的，他要放大半包；小包装的，甚至全被抖进盛饺馅的盆里。你不难设想，在温饱还是问题的上个世纪六七十年代，八口之家包水饺的工程量，有多浩大：全家人一齐动手，要扎扎实实忙碌半天。那样的情景，妹妹李雪冰有专文回忆，这里不再赘述，还是回到那年除夕年夜饭的桌前。当客人们听见父亲有关“猴子药”的提议后，都哄笑起来，对父亲的揶揄并不在意。我的二哥积极地打开了酒瓶，然后，在我们父母的谦让声中，客人们迫不及待地拿起筷子，端起酒盅，开始吃喝起来。

我心里十分悲愤。我不能出去。两个妹妹也不能出去。大姐在厨房里忙碌，也不能到桌前去。但浓郁的菜香混着甜丝丝的酒味，不停地朝我们鼻子里钻。我们盼了将近一个月的年夜饭，近在咫尺，享受的却不是我们，甚至也不是我们的父亲、母亲和二哥：父亲不善饮酒，表示自己做菜累了，吃不下去；母亲为了照顾好家里的客人，不停地在厨房和堂屋间穿梭，与大姐一起端菜上饭，也没能很好地坐下来；二哥身负“酒司令”的使命，不停地起身斟酒，为了表示知书达理，在客人面前也不怎么动筷子。我和两个妹妹在里屋，眼睛窥视着外面大人们的吃喝，嘴里时不时发出低声的抗议。但外面堂屋里的客人，用坚忍不拔的态度，推杯换盏，觥筹交错，将母亲和大姐轮番端上来的菜，在赞美声中一盘一盘吃了下去。每见一只空盘被端出去，我的心都要揪一下。在我揪心的疼痛中，他们声音嘈杂，将那顿年夜饭一直吃到了晚上十点多。之后，他们打着饱嗝或酒嗝，称赞了父亲的手艺和那顿年夜饭的质量，感谢了我们母亲的热诚邀请和款待，在父母的送行声中，离开了我们的家。

大姐走进里屋，来喊我和两个妹妹出去吃饭。在她进来之前，我对两个妹妹发表了拒绝出去吃饭的倡议，以表明对大人无视小孩权益的抗议。因为我透过里外屋之间秫秸篱笆的缝隙看见，桌上已经杯盘狼藉，大多数盘子都见了底，已经没有一道完整的菜了。两个妹妹都表示赞成和支持我的想法。可当大姐的招呼声一传过来，她们的腿业已违背了她们口中对三哥的承诺，出了里屋，走到桌前。

我对着妹妹们不争气的背影咬牙切齿地说，别出去吃，太气人啦！

两个妹妹已经听不到她们三哥的话，原因是她们早已饿坏了，端起碗来就吃。吃了一会儿，她们发现三哥还呆在里屋不出去，叫了我几声。我依旧悲伤地呆在里屋，拒绝出去。父母送罢客人，看见他们的小儿子没有坐在桌前吃饭，喊了我几声。我坚定地闭紧了嘴唇，不让它发出一点声响。母亲走进了里屋，看见了床边缩着的一团，那是她靠紧了抽屉桌吭着头的小儿子。

叫你出去吃饭呢，母亲说，你不饿啊？

不吃了！我用很大的声音说。

母亲顿了一下，很快明白了小儿子闹情绪的根源，说，瞧你那点出息！

听见母亲的批评，14 岁的少年忽然哇地一声，大哭起来。

2013 年 1 月 25 日

青红丝月饼

月饼是提前几天准备好了的，我们一点都不知道。我们兄弟姊妹只知道到了八月十五,一定能够吃上月饼。我们盼啊，盼啊，盼来了我们母亲的母亲，也就是我们的舅奶奶，迈着她的“三寸金莲”，到我们家来了。父亲难得在家，要等到星期天——父亲称作礼拜天——才会回家一趟。自行车铃铛从村口响过来了，招呼声和说笑伴着一位操外地口音的中年男人来到院门前，那是我们的父亲。但那是要等七天或半个月才会出现一次的情景。所以，那年八月十四舅奶奶来到我们家时，父亲并不在家；我们的母亲，那一天也不在家。她正在村外，忙着组织公社的电工，给我们所在的移民村——大朱洲村建电灌站。

舅奶奶来了。她长长的脸儿，慈眉善目，穿着已经洗得发白的海昌蓝斜襟褂子，藏青色裤子，扎着裤脚，看上去，是个很利索的老太太。对舅奶奶穿戴的印象，是我多年后综合回忆的结果。当时，我们注意的主要是她臂弯里挎着的“小斗篼”（一种用去皮柳条编织的圆形小篮）。我们围上去，让舅奶奶用骨节粗大的手抚摸我们，然后，探头探脑，往“小斗篼”里看。舅奶奶自然明白眼前这些外孙和外孙女的心思。但她并不揭开盖在小“小斗篼”上面的布帕，却对我们说，恁妈妈呢？

舅奶奶是赣榆县城头公社前庙子村人，方言里的“你”或“你们”，一律发“恁”字音。我们很自豪地说，妈妈在河北堰那里，建电灌站去了。我们庄通上电了！

好啊，好啊。舅奶奶用这样的话夸奖她的女儿。她将“小斗篼”放到我们家的橱项上，那是我们需要踩着櫈子才能达到的高度。舅奶奶在我们家最宽的一只板凳上坐下来，轻轻地喘息着。那一年，她已经六十多岁。我们围着橱子转来转去，闻着“小斗篼”里发出的丝丝缕缕的、似有若无的甜香味儿，迟迟不肯走开。

我们的母亲永远是那样忙碌。到了晚上，天黑以后很长时间，我们都饿坏了，她才回到家里。虽然已经十分疲惫，但看见我们的舅奶奶，依然十分高兴，到锅屋忙着准备饭菜。上个世纪六十年代末，一个大队书记能够用来招待自己母亲的，和自己五个孩子日常所吃的饭菜并无两样，是青菜煮地瓜，撒进一把盐，当地老百姓叫做“咸地瓜水”。舅奶奶并没显出不悦。她看见自己的女儿在忙着重要的工作，看见自己的外孙、外孙女长得十分健康，高兴得眼睛眯成一条缝儿，说好啊，亲戚来到家，涮锅煮地瓜。

八月十五，说到，第二天就到了。傍晚，我们的父亲一路响着自行车铃铛，从城里回来了。就像我们想象的那样，他带回来一只大西瓜。除了在远方当兵的大哥，我们全家人又聚在了一起；特别是，家里还来了我们的舅奶奶。当天晚上，天气凉爽，白莲花似的云朵，在天上轻轻飘着，月亮出奇的圆。这时候，我们的父亲以一种举行仪式般的口吻说，切西瓜！

在我的记忆里，切西瓜，在我们家有一种不同寻常的郑重氛围。你只有看见父亲接过我们的母亲递来的菜刀，先将西瓜根蒂部分切下一小片，再用它细细地擦拭菜刀的正反两面，最后才慎重地从西瓜中部一刀切下，你才能理解我所说的“不寻常的郑重氛围”是什么意思。那只西瓜，随着我们的父亲手起刀落，瞬间便露出了两爿羞红的脸来。好瓜！我们的父亲说。然后，在我们的喜悦和期待里，他将西瓜切成片，整齐而又均匀地排在桌子上，心满意足地看着自己的家人和岳母说，吃！兄弟姊妹立即出手，每人嘴里瞬间便溢满了西瓜丰盈甜美的汁水。

吃西瓜时，七岁的我，会让西瓜籽儿从刚掉的一颗门牙留下的缝隙里挤出来，并且不停地表演给家里人看。母亲将父亲切好的西瓜拿出几片，送给东院邻居明岗家的孩子吃。我知道，在我们家切西瓜的欢声笑语里，邻居家的三个小妹妹，已经在隔着篱笆翘首以待了。望着送西瓜的母亲，我想告诉你，为什么一只西瓜，会被我们的母亲、父亲那样看重。在农村，我们的邻居很少吃西瓜。他们的菜园子里，偶尔也会种植可以直接吃的黄瓜、梢瓜，有的甚至还栽种香瓜或面瓜，但是，很少有人种植西瓜。原因在于，西瓜个儿大，不好看顾；种植成本也比其他瓜类大得多。而花钱买西瓜吃，或许只有像我们的父亲那样每月能领到工资的“公家人”，才有力量。送罢西瓜，母亲回到家里。我们的父亲对我们说，西瓜皮再啃啃，别留太厚；又对我们的母亲说，把月饼拿出来吧。今年买的是什么馅儿的？

这时候，我发现，我们的母亲忽然面露赧色，说，哎呀，忙忘了！

她这句话，让我们的喜悦和期待，一下子变得上不去，下不来。就是说，那年八月十五，我们的母亲，因为忙着为村里建水电站，根本没为过节准备月饼。我们本来以为，月饼已经在家里橱子的某个角落，静悄悄地等着我们吃呢。我们的神情，有点儿悻悻的，也有点儿讪讪的。我们的父亲，并没有责怪我们的母亲。这时候，不难想象，我们的舅奶奶笑盈盈地从家里橱顶上拿下“小斗篼”，拎出一只扎着十字形红线的草纸包儿，说，月饼，俺给恁买好啦！

在我们的眼睛放出的光芒里，我们的舅奶奶，小心地用指尖挑开红线，拉开一角，让我们看月饼。我们看到月饼很安静地躺在纸包里，好像有点不好意思似的，露出几只脸儿来。就等着我们吃了。没想到，舅奶奶却拿起一片西瓜，拎着“小斗篼”，径直走向我们家的院子。我跟在她后面，见她从纸包里取出两只月饼，在桌子上摆好，然后跪在地上，嘴里念念有词，说，八月十五月亮圆，西瓜月饼敬老天……我们的母亲和父亲也跟出来，却并没有跟着下跪。他们都是建国前参加革命的，按组织规定和要求，不敬天地鬼神；但是他们也没阻止我们的舅奶奶祭拜。在我大半生的记忆里，看见自己的长辈、亲人敬天拜月，那是唯一的一次。舅奶奶磕了三个头，慢慢从地上爬起来，开始分发月饼。她带来的一斤月饼，一共十只，形状如同一只只压扁的小土豆。我们兄弟姊妹五人，每人领到了一只。这时候，我们的母亲，拿出纸包里仅剩的三只，对我们的大姐说，给明岗叔家送去。我们的舅奶奶，平时节俭到一分钱掰成两爿花，却在八月十五晚上，不仅让自己的外孙、外孙女的期待得到落实，化解了女儿的尴尬，还让她邻居家的三个孩子，吃上了月饼。

那是我第一次吃到来自母亲的北乡出产的青红丝月饼。我咬了一口，感到馅里有甜甜的冰糖粒儿；仔细打量，见月饼里还有几根若隐若现的青红丝。我问我们的父亲那是什么，父亲说，其实就是冬瓜和萝卜，切成丝，再用糖和蜂蜜腌制成的。我们兄弟姊妹吃着月饼，细细品着里面的青红丝，想象着糖和蜂蜜的甜味儿，心里充满了幸福感。就在这时，我发现，我们的母亲走到院子里，把敬天拜月的两只月饼取回来，一只递给她的丈夫，一只递给我们的舅奶奶。我们的父亲惬意地咬了一口，说，要说好月饼，北京有果脯的，有枣泥的，还有豆沙的；上海的呢，有五仁的，有火腿的，还有蛋黄的……就在他大谈特谈北方和南方的月饼特色时，我看见我们的舅奶奶，将手里的月饼掰成两半，递了一块给我们的母亲说，吃吧。我们的母亲接过半只月饼，忽然转过身去，擦拭眼睛；再转过身来，对着她的母亲说，妈，今年八月十五，亏了您。

2011 年 9 月 12 日

面疙瘩汤

面疙瘩汤里的葱油香味，总能让我很快醒来；但我知道，我必须躺着不动，甚至不能够睁开眼睛。我要让母亲觉察不到我已经醒过来了。母亲在堂屋里静悄悄地走动，把盛好面疙瘩汤的两只碗，轻轻放到桌子上。我就知道，我的大姐和二哥，虽然还带着睡意，已经理直气壮地坐到桌子边上，开始呼噜呼噜地喝面疙瘩汤了。然后，在太阳没出来之前，他们要背上书包，在青灰色的晨光里，走上通往青口镇的河堤。他们是到县城上中学去的。

想到他们已经在上中学，我很无助和无奈。我知道太阳出来后，我会起床，却喝不到漂着葱花的面疙瘩汤；因为我还在本村小学上三年级，而且是和双胞胎的两个妹妹，在同一个教室，上“复式教学班”。①

你无法理解 1973 年一个 13 岁少年内心深处的悲哀和不平。那种在年龄上永远也追不上姐姐和哥哥，因此也永远享受不到他们在家庭中所受的重视的郁闷，让正在生长发育期的我，终日心事重重。我起床后，两个小妹妹也跟着起来。我们会被母亲叫到饭桌前，喝

① 农村教学资源紧张，往往会将两个低年级教学班合在一间教室上课。学生反向而坐。老师给一个班学生上课时，另一个班学生自习；反之亦然。

大麦或玉米面做的糊涂（即粥），就着腌胡萝卜，灌个“水饱”，而后去本村小学上学。妹妹们只要一觉醒来，便叽叽喳喳说个不停；她们并不注意面前的三哥为什么会无缘无故地手脚很重，摆筷子放碗，弄出很大的响动。我当时的想法只能闷在心里：待我上中学时，看母亲早晨会不会做漂着葱花的面疙瘩汤给我喝；如果不做，那就是偏心！

小小少年清晨的怨气往往在夜里化为乌有。因为在我爬上床后，总能够感受到母亲来为我掖被子；母亲的动作是那样轻柔，让我在逐渐朦胧的意识里，依然感到温暖，知道母亲不是偏心，只是家里困难——父亲每月 47 元工资，只给母亲 20 元养家，她实在无力让五个孩子早晨都喝上香喷喷的面疙瘩汤；同时，在入睡之前，我还生出某种自信：喝上面疙瘩汤，只是个时间问题……

1974 年，我终于摆脱了与两个妹妹共读“复式教学班”的尴尬，到临村的申城小学读四年级。由于路远，必须早起。我起床后，虽然只能看见大姐与二哥离家的背影，但饭桌上的面疙瘩汤碗，余温犹在。那一天，母亲无声地盛出另一碗面疙瘩汤给我。我接过汤碗的一刹那，心里忽然洋溢出一种强于妹妹、弱于大姐和二哥的优越感。喝完香喷喷的面疙瘩汤，在一种与母亲心照不宣的神秘感里，我悄无声息地走出家门，到临村上学。一路走着，我一路想，我已经接近并且快要加入大姐和二哥的行列了。听说他们在赣榆县中学学习都不错，二哥还创造了六门课考 598 分（百分制）的成绩。我也要像他们那样学习好，才能对得起与他们一样的待遇——早晨上学前，喝漂着葱花的、香喷喷的面疙瘩汤……

1977 年，我实现了赶超大姐、二哥的愿望，以所在公社城南片区第一名的成绩，考上了赣榆县中学，读高中。开学发新书时，我意外发现自己的考试作文《雷锋精神鼓舞着我》就收在下发的《中学语文参考资料·作文》里，并且与鲁迅、冰心们的文章排在一起。

我带回家给母亲看。母亲欣慰地微笑着，眼睛里似有泪光。高中两年，我延续了母亲的欣慰：两次捧回全县语文竞赛第一名、一次徐州地区（八个县）语文竞赛第一名的奖状回家，成为赣榆县中学的“语文尖子”。其时我和两个妹妹早晨上学前，都喝上了面疙瘩汤。那是我们的母亲，以终年举债的方式，竭力撑起一个困窘的家，让孩子们都走上知识改变命运的路。高考前夕，母亲甚至没有考虑我高考会不会失利，便提前准备起我上大学用的蚊帐和被褥。事实上，除去大哥 14 岁入伍做了文艺兵外，1977 年至 1981 年，我们兄弟姐妹都没有让母亲失望：大姐考入运河师范学校中文科，二哥考入徐州师范学院中文系，我考入北京师范大学中文系；两个双胞胎妹妹，一个考入南京公安专科学校治安系，一个考入徐州师范学院外语系。在高考升学率只有 4% ~ 8%的上个世纪七十年代末、八十年代初，一家考出五个大学生，在赣榆当地，一时传为佳话。

多年以后的现在，我早已成家立业，年过半百，但对漂着葱花的、香喷喷的面疙瘩汤，依然有一种近乎执着的偏好。无论天南地北，亲朋相聚，只要有面疙瘩汤，我都会在他们困惑不解的眼神里，急切地端起碗来，喝得津津有味，呼噜作响，直至大汗淋漓，意犹未尽。

因为，我知道在天国的母亲，会充满幸福感地望着正在喝面疙瘩汤的小儿子……

2011 年 9 月 3 日

桃 酥

2011年夏天，我走在中国东部一座沿海开放城市的街头，看见一条被命名为“女人街”的街上，人流熙来攘往，当时，并没觉得那里与我游历过的其他地方有什么不同。但是，忽然，有一种特别的香味吸引了我。那种在空气中似有若无的香气，瞬间让我心神不宁，想起远离自己的童年。

那时候，我大约十来岁，沿着村东头硬邦邦的泥路，徒步走七八里，就到了青口镇——那是县城所在地，也就是我的父亲工作的地方。且不说那里有多少商店，飘散着令人迷醉的甜丝丝的气息，使我打定主意，只要进城，就要把所有的商店逛遍——我还真做到了，并且一点也不觉得疲累——只说有一次进城，我一个人，到了父亲的宿舍；他不在，门又没锁，我进去了。嗯？隐隐有一缕香味，引起了我的注意。是什么呢？我左右寻觅，最终在靠墙的一张抽屉桌里，发现了妈妈称为“桃酥”的点心。我心下暗想，好哇，爸爸在城里，已经吃上了“桃酥”；可是我们兄弟姊妹，只有在家里来了亲戚，才有可能见到和吃到。想起有一次，我们的舅姥爷来，带了桃酥，兄弟姊妹每人分了一块。我还没尝到它的味道，它已经在我的肚子里了。我只好咽着唾沫，看着双胞胎的两个妹妹，用舌尖，细细地，有滋有味地品尝着桃酥——后来我才意识到，她们根本舍不得一口吃掉。我厚颜无耻地说，哎，给我尝尝，桃酥什么味儿。两个妹妹有点可怜我，又有点舍不得，怯怯地齐声问我，你不是已经吃了一块了么？我像吃过人参果的猪八戒似的，涎着脸说，吃得太快了，没尝到味儿。我最小的妹妹，将手中的桃酥递给我。我握着她的手，咬了一口。接下来，我听见了妹妹疼痛的尖叫。原来，她的食指已经被我咬出血了——你可以想见做哥哥的贪婪……我悲愤地走出父亲的宿舍，任凭那香味追随着我；直到我跑远，再也闻不见它，我也没有回头。爸爸！你在县城，一个人，吃桃酥！

四十多年过去了。如今，我早已娶妻生子，像当年父亲那样，只要想吃，就可以买任何点心吃了。因为桃酥而生成的对于父亲的不忿，早已化作理解与怜悯：挑起家庭经济重担的父亲，那时候对自己最大的犒赏，也不过就是几块桃酥而已。可是，只要闻见桃酥的香味，我还会回到1967年的夏天；那份记忆，已经成了生命中的胎记。

如此这般，当我在“女人街”头闻见桃酥的香味，不由自主地循着那种馥郁的气息，走了过去。我看见，“女人街”西侧的桥头，一个摊点前站着一对夫妇，四五十岁的样子，面前的长桌上，正在出售刚刚烤制好的桃酥。他们望着行人，恳切地说，尝尝，尝尝吧。

桃酥码放得很规整，安静地躺在主人的长桌上，一齐发出诱人的色泽和香气，面对着来来往往的人流。人流里自然有我。我走过去，站在摊前，装得像没事人一样，久久地闻着桃酥发出的香甜气息。有时候，我底气不足地东张西望，像在等人。但是，我的鼻子却十分专注，发挥了最大机能，把那些弥散在空气里的香气，尽可能地吸进我鼻腔、咽喉、气管、食道，而后进入肺里……渐渐地，我的行状开始变得可疑……我只好买了一斤，听任摊主装在一只塑料袋里——而不是像多年以前那样，四四方方地包在草纸里，用红线扎起来——拎着走了。

我知道，我并不是十分需要吃桃酥。电视里说，它油性太大，且经过高温烘烤，营养价值已经很少。但是，我依然拎着它，充满骄傲地回了家。因为我知道，伴我生活了二十六七年的妻子，与我也有相同的记忆、相同的看法，那就是，桃酥，是高档点心。

2011 年的夏天，我只是买了一斤桃酥，美滋滋地回到家里，便拥有了妻子的会心一笑，拥有了许多的温馨和回忆。生命呀，时光呀，就这样，还真有了些意义。

2011 年 10 月 4 日

童年哥

听讲授民俗学的何兆泉博士说，浙江方言里，有一个叫“童年哥”的词，说的是童年玩伴中最像兄长的伙伴。这让我回想自己兄弟里谁最像兄长。显然是二哥。这倒不是因为大哥不像兄长，而是因为他少小才艺过人，14 岁参军成了文艺兵，在我童年的记忆里，属于神话级的人物；或者说，他就像天上的星辰。人们看星辰，一般来说要仰起脖子；可仰望时间长了，颈椎会酸痛，所以更愿意平视。这样，平行视野里看见的兄长，就是二哥了。

作为兄长，二哥从小就有所担当。比如说，我被村里谁欺负了，他都会“出头”为弟弟讨回公道。这是需要勇气的。因为对手说不定会比他强大。比如说，东院里一个叫仁德的，在我当时看来，他既不仁，也无德，经常做些损人利己的霸道事儿；虽然针对其他玩伴的时候多，针对我的时候少，但不是没有。发生了这样的事儿，二哥会找他理论；理论不成，两人便撑起胳膊来。仁德比二哥小半岁，比我大半岁，他们两人的实力不相上下。胳膊撑来撑去，便会在地上滚。滚来滚去，最后停了下来。其结果，直到现在让我评价，也得说难解难分。表面上看，二哥是占了上风，整个身体已经把仁德压在下面；但是，他的头却被对方扭在身下，动弹不得。我愤怒而又无奈。因为按照乡村规则，他们俩在“单挑”。最后，扭作一团的两个少年忽然都松了手，彼此嘴里说了不少狠话，背对背走开了。我跟在二哥身后，望着他的脖子，在赞佩他勇猛的同时，内心也隐隐作痛。

后来，仁德对我的态度渐渐变得友好起来，甚至有些谗媚，主动搭讪我不说，还尽量处处讨好我。我开始有些不解，过了一段时间，才明白其中的原因：一是他的学习成绩没有我好，而据说高考制度快要恢复了；二是在二哥撑起的保护伞下，我平安、健康地成长着，身材已经超过了他，如果再撑胳膊，已经无需二哥援手了。

平时，二哥并不常和我一起玩。他虽然只比我大一岁，却在1975年夏天高中毕业；而我1979年才走出赣榆县中学的大门。他高中毕业前后，交往的已经是张庆涛和张正宽那样的人。他们是什么样的人？在我背着用毛巾对折缝成的书包、搬着小板凳上学的时候，是我的老师。二哥交际的是我的老师；兄弟俩之间的差距，相信读者不难明白。我时常跟在二哥身后，央求他带我出去见世面。他的回答总是千篇一律的严肃。

你还小，二哥说，有些事情，你还是不知道、不参合的好。

我小多少呢？我说，不就是一岁么？

问题不在这里，二哥用手摸了一下脸上冒出的零星的胡髭，说，我已经开始抽烟、喝酒了。你敢么？

我吃了一惊。二哥已经开始做只有大人才能做的事了；这个，我确实不敢。虽然心有不甘，我也只能知难而退，眼看着二哥迈着沉着、有力的脚步，朝张庆涛和张正宽与他约好的方向去了。

我知道了二哥的秘密：他已经开始抽烟、喝酒。这还不算，我看见他平时说话，已经开始和父母“犯犟”，也就是抗辩的意思。父亲有一次惊叹道：唉，三子对我，已经不信服了！父亲的感慨缘于二哥这样一番话：你并不都是对的。都信你的，就永远超不过你。

超不过爸爸的儿子，算不得好儿子！

这样的话，我说不出来。因为我觉得，爬上村后河北岸徐南庄前一百多米高的测量架子虽然难——要知道当你快爬到顶端时，风会骤然加大，而有几层抓手竟然不见了；同时，你的手心和脚心，会开始出汗、发痒、发凉，要爬到顶尖的难度可想而知——但不是做不到；而超过父亲，难度绝对比爬那座摇晃在风中的测量架子难得多。我知道了与二哥的差距，也就偃旗息鼓，放弃了对他的尾随。

我也在悄悄进步。父亲把我从城南中学转入赣榆县中学读初一。而此时，我的二哥已经在读高二。我们两个在赣榆县中学只做了一年校友。我进赣中时是冬天，因为没有像样的棉衣，母亲把二哥曾经穿过的一件旧棉袄，拆洗后重新“套”（缝制）了，让我穿着上学。那是一件黑色的“列宁服”，虽然不是为我量身定做，虽然有些短小，但形式和内容都是合适的。我这样安慰自己：穿什么并不重要；重要的是，我已经是赣榆县中学的学生了。

下午放学后，我去找二哥玩。在高中部的教室见到二哥后，他很正式地将我介绍给他的同学——王宝鸣和杨一鸣。那两位高中生，很友善地看着我。他们一个脑门特别大，眼睛发亮；一个特别瘦和高，在我面前冷不丁摆了个芭蕾舞《红色娘子军》中“常青指路”的舞蹈动作。他们提议带我去打乒乓球。我跟他们去了学校图书馆西面的一间体训室。由于不是对手，我几乎没有上场的机会。不过对我来说，能待在他们身边，已经是至高的荣誉和享受了。自那以后，只要我在赣榆县中学教室和图书馆之间出现，就会有不认识的同学指着我，说，快看，李绿涛的弟弟。

我知道陌生的同学为什么会那样说。因为那时候，二哥在赣榆县中学已经红得发紫；就是说，他是“又红又专”的典型——他创造了六门功课考598分的纪录。要知道，那可是百分制的试卷。他的纪录，赣榆县中学——现在叫赣榆县高级中学——至今无人能破。

我为自己有这样的二哥感到自豪。

上午下了课，我总是很兴奋地在学校食堂等二哥一道吃饭。我喜欢人们把我和他联系起来看待和议论。二哥来了。他和我的伙食，通常是半斤米饭和一份五分钱的菜汤；但每星期我们也会吃一两次一到两毛钱的荤菜。有一次，我打了半斤米饭，感觉没饱，就当着二哥的面又要了三两米饭。二哥看了我一眼，没吱声。吃完后我向他表示，八两米饭吃下去，才刚刚饱。这时，二哥说话了。

在食堂吃这顿中饭，就是垫个饥。二哥说，你一顿吃八两，得多少钱才够吃？！

那是二哥在赣榆县中学期间罕见的一次对我的训斥。我有些委屈。但我承认他是对的。我虽然已经成了中学生，到了可以和二哥在一所中学上课、一个食堂吃饭的火候，但是，这并不说明我已经和他一样懂事。我一直在追赶他。当他六岁的时候，我就有些着急地想，他都六岁了，我才五岁。我曾经写过一篇《面疙瘩汤》的散文，说起每天清晨听见母亲为在赣榆县中学读书的大姐和二哥做面疙瘩汤吃时的“羡慕嫉妒恨”。当我也能够早起和二哥一道吃面疙瘩汤、一道上同一所中学的时候，我不止一次回望还在床上呼呼大睡的妹妹们，心想，我终于摆脱了与你们为伍的尴尬了；现在，我已经和二哥平起平坐了。但听到二哥的训斥后，我立即清醒，意识到自己错了。即使我已经和他读了同一所中学，在同一个食堂吃饭，我依然没有他那样成熟，那样懂得节制，那样深切体谅父母的难处。我们虽然处于长身体的年龄，但家境是不允许两人放开肚皮装米饭的。他懂得这一点，就是懂事，就是成熟；而我不明白，就是不懂事。觉得委屈，就是没有达到他那样的高境界。所以，二哥的训斥被我咽了下去，理解为必要的训示。

二哥只与我同学一年，很快就毕业了。他高中毕业后，父亲在赣榆县塔山水库为他找了个看仓库的工作，开始自食其力，已经是标准意义上的成人了。这无疑让我望洋兴叹。我读初中二年级时，二哥离开了塔山水库。母亲让他在村办学校代数学课。曾经与我同班上过课的两个妹妹，不管愿意不愿意，都成了他的学生。追赶他的想法，在我这里彻底成了泄了气的皮球。

但是，我依然愿意接近他，了解他。1977 年秋天的某个夜晚，我到村办学校找他，看见他在校门前杨树上挂着的一只硕大的白炽灯下，边读书，边做笔记。蚊子、蚂蚱、蝼蛄在他四周欢快地飞舞。他嘴巴噘着，不时吹两声极为单调的口哨。我翻看了一下他读的书，书名叫做《西方美学史》，上、下册，朱光潜著。在我看来，那是高深莫测的“大部头”。但他读得津津有味。他看着自己的弟弟，眼神复杂，似乎觉得我已经成长起来，又似乎觉得我还不那么让他放心。

二哥，我说，这书你看得懂么？

你看看我做的笔记，他说。看完这两本，我还要看丹纳的《艺术哲学》。

我翻看着他的笔记。笔记一丝不苟，有摘录，有评价。我说，你为什么要看这些艺术书？

只是爱看。他说，听说，高考制度可能要恢复了。我想考大学。

1977 年冬天，高考制度果然恢复。全国 570 万考生走进了中国高校关闭已久的考场，约 30 万考生被录取。二哥当年从容上榜，成为我们家第一位大学生。在《明朝那些事儿》里，当年明月说按明朝的科举制度，初中生算秀才，高中生算举人，考上大学算得上进士了。上个世纪七十年代后期的中国，百端待举，人才极为匮乏。到八十年代初期，恢复高考前三届的大学毕业生，非常抢手。他们由国家分配，参加工作即是“干部”。这让我们的父母非常自豪。有志气、有毅力、聪明、勤奋的“三子”，我的二哥，靠着他自己的能力，一举成为将来的国家干部，不仅从此走出了乡村，改变了命运；而且，他所走的路，为我们兄弟姊妹指明了前进的方向——靠刻苦努力学习，我们未来的命运都会发生改变！

二哥上了大学，成为恢复高考后徐州师范学院中文系首届本科生。而我也已经初中毕业，回城南中学参加了中考，侥幸考为第一名，被赣榆县中学曾经看好我的老师胡抗生点将，又被招进赣榆县中学高中部。二哥从大学里给我写信，告诉我学习的方法，告诉我外面的世界，提供学习参考书。在他的提点下，我在文科方面也表现不俗，不仅多次夺得全县语文竞赛第一名，而且在徐州地区八个县的语文竞赛中，获得了一等奖。二哥寒假回来，对我的学习过问最多；与我谈的，全是文科专业内容。

二哥，我说，我已经可以画出船从上海港出发，一路航行，周游了全世界后，又怎么回到上海港的航海路线图了。

哦。他说，这还不够。你要能从世界上任何一个港口出发，都能回到那个港口才行。

正是在二哥的感召和指导下，1979年，我同样报考了师范院校，同样报考了中文专业，顺利考入北京师范大学中文系。红榜张贴在赣榆县京剧院西侧的墙上，引来无数百姓围观与啧啧称赞："小四"也考上了，李家出了两个大学生。父母的自豪在我上榜后得到了有效延续。但这并没有结束。在接下来的两年里，我的大姐和两个妹妹，也先后考上了江苏公安专科学校、徐州师范运河高专和铜山师范专科学校。一个家庭，三四年里出了五个大学生，这在赣榆县确实并不多见，因为那时候的高考升学率只有5%左右。那些年，父亲脸上的自豪经久不消。他有理由自豪。他一生坎坷，流年不利，终于以自己的精神和智慧造就了子女，成就了他们的美好未来。

我们的母亲同样自豪。她身为我们移民所在的大朱洲村支部书记，却没有利用特权，推荐自己的孩子成为"工农兵大学生"，而是靠着茹苦含辛和言传身教，一举托起了五个大专院校学生。同时，她的自豪比我们父亲的更深沉，也更苦涩。读者想必注意到，我们兄弟姊妹读的五所高校，有四所为师范类。原因只有一个，师范生由国家负责每月大约 14 ~ 16 元不等的生活费。这样，我们的母亲负责筹措的，便只有五个孩子的学费了。我读大学的四年里，每学期初，必定要从母亲手中接过 40 元钱，那是我一学期的学费和生活零用钱。而到了 1982 年，母亲要筹措的学费，却不只是二哥和我，而是兄弟姊妹五个。就是说，每学期初母亲必须把 200 元以上的现金准备好。这样的数字在今天看来，实属瓦碟芥粒。但在上个世纪七十年代末至八十代初的农村家庭，却是一笔巨款。那时候，我们的父亲月薪只有 47 元，却要供七八口人生活。所以到了要交学费的关口，父亲的自豪便不见了，他的表情变得比母亲沉重，但告帮求人的勇气却没有母亲那样大。

这样的往事，没有谁愿意主动回忆。相关的场景涌到眼前，原因还是因为二哥。

二哥在兄弟姊妹中间最先上大学，因此也是我们中间最早从母亲手中接过学费的兄长。那些年里，几乎每年的除夕，或者至迟在二哥返校前，父母之间必定要发生一场口舌大战。也许一年生存的艰辛积淀的怨气，总要找到出口释放。导火索有时是炉里多放了一只煤球，有时是炒菜时少放了一把盐。但我们知道，醉翁之意不在酒。面对需求额度越来越大的学费，父亲总是捉襟见肘，束手无策。母亲虽然心生不满，甚至委屈，但她看待问题却巾帼不让须眉——

再穷、再难，母亲说，事情总不能不办吧！

在不断升级的“战事”中，在父母火药味十足的呛声里，在我们心惊胆战的观望中，二可，只有二哥，能够沉着地劝解，理性地分析，最终做通我们父母的思想工作。当然，最后总是母亲星夜出门，向乡邻借钱。我印象最深的一次，是母亲出门后，二哥用他已经变声为成年男人嗓音，对父亲说：

你不要再说什么了，爸爸。妈妈是这个世界上最伟大的母亲！

这样书面化的语言，在当时我们听来，真实，准确，好像同时发自我们的肺腑，说出了我们的心声。因为除了那样的语言，在我们脑海中有限的词汇库里，确实找不出更好的词汇来表达那时的内心感受了。

随着我和大姐、妹妹考上大学，我们家举债的额度越来越大，早已突破千元。在我们心目中，那是一个接近天文数字的额度。但是母亲每次将学费放进我们手中时，都会用笑容覆盖她举债的愁容。我们伸出手接钱，虽然只有小小的一卷，但感觉得到它沉重的分量。在沉重的心理负担中，我们理解了母亲的艰辛，明白了生存的艰苦，知道了世事的艰难。所以，在将学费装进胸前的口袋里时，我们总是心存感激，内心默默承诺，一定要好好学习。母亲似乎看出了我们的心事，宽慰我们说，明年是1982年。明年就好了。

见我们困惑不解，母亲接着说，明年，三子就毕业，参加工作了。

我们恍然明白了母亲。她总是在最困难的时候，看见希望；总是在子女心理压力最大的时候，为我们找到减压的方向。我们心里也同时对二哥格外感佩——

在我们家里，他最先成为大学生，为兄弟姊妹树立了人生目标；又最早毕业，为父母解困分忧。这就是我青少年时代的二哥，最像兄长的二哥。

2013年1月21日

乡　音

我从小在赣榆出生、长大。记事的时候，听见父亲说话，是另一种口音，心里很奇怪。因为我们嘴里发出的声音，一律和母亲一样，是赣榆县官河、城头、吴山一带的“北乡”口音。母亲说，恁爸是山东人，郯城是恁老家。我们才知道，原来父亲出身“八路”，负伤后转到地方工作，才成就了与母亲的姻缘；郯城在我们心里，也就成了陌生而又亲切的原乡。

六七岁的时候，跟随母亲回到郯城，我们发现那里的叔叔、姑姑、堂兄弟、堂姐妹、表哥和表姐们，果然操着一口与我们的父亲一致的口音，把“哈水”说成“喝水”、“要”说成“玩”；最有趣的是，他们把“不知道”说成“知不道”，把“妈呀”说成“娘呼哉”。读了徐师院中文系的二哥，十年后对他的弟弟妹妹分析道，那是因为齐鲁方言语系中保留了一些先秦语言的元素。我们对学问高深的兄长惊羡不已，嘴里一齐发出了“娘呼哉”的惊叹。

上了小学和中学，我又注意到小学和中学老师里，有很多操着另外一种语调，既非赣榆北乡、也非山东郯城的口音。当时不知道那是哪里的语音，只觉得非常“洋气”，心里猜想，他们一定来自大地方，也就格外仰慕。有时候，同样的要求，同样的道理，从说本地话的老师嘴里提出来，学生可能会打点折扣；但只要是操外地口音的老师说的，就格外重视。待到我从北京师大调入连云港市文联工作，蓦然发现，原来自己中小学老师所说的，不就是新浦话嘛；找到"回声"的感觉之余，"洋气"的感受也销声匿迹了。

新浦话有特殊韵味，在我看来，学习难度不亚于外语。比方说铺路用的水泥预制板"六角板"，新浦话发音时就变成"鲁葛办"。我在连云港工作了21年，学会的新浦话没超过十句，仅限于逛农贸市场用。比如你问"豆角怎么卖的？"邻居教我，发音时得变成"抖果着中埋的？"在菜市场我刚学说完，就见卖菜的望着我说："哩赣！哩赣！"我一头雾水。对方在说什么？是"你敢？你敢？"光天化日，我买豆角，有什么不敢的？后来才知道，人家说的是"你拣，你拣。"是很热情的邀请。既然如此诚恳，我也就不再伪装本地人，该说普通话还说普通话好了。

普通话，因为从北京调到连云港工作，我自觉说得不错。但不知为什么，开口说话不出三句，对方就会说，你赣榆的吧？我听了，嘴里应着，心里不服。寻思着，我从小跟父亲的"红灯牌"收音机学普通话，又在北京待了七年，怎么会一张嘴就被揭老底的？对方肯定是先了解了我的家世，再说我乡音，意在表明，我虽然说着普通话，却看不出北京背景，不过是从县里调到市里来工作的罢了。但是后来，说我"你赣榆的吧"的同志数不胜数，我也只好慢慢接受了现实。因为不见得人人都是先了解了我的经历，再道出我"赣榆的"出身。

重回高校后，因为讲课要先测普通话水准，我便到浙江大学西溪校区普通话测试中心测了一下：二级甲等，登讲坛是没问题的。专家说，你的语音里，还有微弱乡音。我问，哪里的乡音？第四方言区，专家告诉我，苏北鲁南一带吧。这话无异于表明，"你赣榆的吧？"我对专家表达了敬佩后，出了浙大，走进市声嘈杂的杭州市区，听着满大街的吴越方言，心里确实生出了异乡感。这时候，恰巧有个行人前来问路。望着陌生的街区，我说对不起，我确实不知道怎么走；我也不是本地人，我赣榆的。

2012年1月16日

血缘亲情有密码

2007年7月，我重回高校后的第一个暑假，开始了。回到新浦，和妹妹洁冰一道回家看望父母。母亲说，她吃不下饭，已经有半个月了。起初以为老人吃不下饭，是因为心重；午饭时见她吞咽困难，才意识到，可能不是心理问题，赶紧送老人到了市第一人民医院。专家诊断后，说，食道癌，晚期，需要化疗。我站在医生对面，感觉，地陷了。

召来兄弟姊妹告知了病情；转脸面对母亲，我们努力平静，说不过是食道生了息肉，只需要"照几次光"，就可医好。以"照光"取代化疗的说法，自然是为了给76岁高龄的母亲减压。母亲信从了，听凭子女安排，住了院。由于多年半身不遂，即使化疗床放平了，母亲也很难上去。这样，我每天都要前往医院，抱母亲上化疗床。母亲体重，大约是第16天，我吃劲位置不对，扭伤了腰椎，由外甥替换下来。母亲化疗的日子，大姐、妹妹和我轮流值班，由家属送饭。我原单位的同事也尽心出力，带给我太多的感动。三个放射疗程结束后，医生说，准备出院吧。我们问化疗效果怎样，医生说，还要观察……一个月后复查。

我们的心里，也无风雨也无晴。见了母亲，兄弟姊妹依然给她阳光般的笑容，兴高采烈地说，妈，好了，出院啦。母亲很高兴，到女儿家取衣物，吃了一顿久违的中饭，之后，坚持要回青口镇的老家。我们只好依她，找了轿车，搬下轮椅，扶老人坐进后排。这时候，母亲忽然对我说，买点好吃的东西，带着。

那一瞬间，我心里一热，百感杂陈。母亲必定是想起回家后，就要见到多日未见的孙子。老人离家住院，已经45天。也许，在老人看来，离开青口镇到新浦住院，是一次出远门；出远门多日，再回到家，一定要带点好吃的东西给孙子。也许，老人还想到，自己罹患的并非重病，在孙子眼里，奶奶离开家一个半月，到了大地方，见她回来，一定会近前热络；那时候，必须得拿出让孙子新奇的东西，才不枉了孩子的期待。那是祖孙之间的默契，那是血缘亲情的密码……

妹妹和我到香溢小区门口的商店里，买了许多孩子们爱吃的炸薯条、曲奇、巧克力之类的小食品，拎了一大包，放在母亲怀里。轿车启动了。我们回家了。路上，望着身边的母亲，我心神难平。母亲并不知道，出院时医生对我说，老人化疗的效果，好的话可能维持半年；效果不好，也就只有三四个月了。医生的话，我没有告诉母亲。她坐在回家的车上，脸上溢满对康复、对回家、对见到孙子的期待和幸福的微笑。

四个月后，大哥海涛在电话里哽咽着告诉我，母亲走了。时间，就是三年前的今天。

2010年12月11日

母亲的勇敢

偶然看到一个公益短片,《母亲的勇敢》。片子开始，是机场安检处，几个乘客纷纷侧目，看着一位老年妇女被警方质询，进而被擒住。解说词:“一个老妇人，因为携带违禁品，在委内瑞拉机场，被拘捕了。她是一个台湾人。没有人认识她。”这位老年妇女拼命挣扎、辩解。一位华裔警员赶过来。解说词:“她告诉他们，这是一包中药材，她是来这里炖鸡汤给女儿补身体的。她女儿刚生产完。她们有好几年没见了。”特写镜头:一只包着红参、当归、狗杞子之类滋补药材的塑料袋;还是特写:老年妇女的女儿抱着初生宝宝的照片。接下来，如怨如慕的背景音乐起，回放那位老年妇女的艰辛旅程。她背扛箱包，在川流不息的人海中赶路、问讯，在候机厅座椅上入睡，喝水龙头里的水，为赶航班而疯狂奔跑……解说词:“蔡英妹，63岁，第一次出国，不会英文，没人陪伴，一个人，独自飞行三天，三个国家三万两千公里。她是怎么做到的?”字幕在黑底屏幕上显现:“坚韧、勇敢、爱”。

短片只有三分钟，却令我热泪盈眶，因为联想起母亲。母亲30岁时，已经生育了六个孩子。十年动乱不久，她和六个儿女都被卷入，“跑反”生涯开始了。一个34岁的女人，在动荡年代，带着最大9岁、最小4岁的六个孩子，流离失所，颠沛世间，居然一个都没丢失。我印象最深的一幕是，兄弟姊妹六个，被塞进拥挤不堪、人叠罗汉的火车：我和二哥被逼进厕所，大哥、大姐伏身在座位底下，两个孪生妹妹，则被放置在行李架上。兄弟姊妹分散在不同的车厢里，彼此不能相顾；只有母亲急切、嘶哑的呼喊，不时响彻两节车厢。我们远离了家乡，不断迁徙在苏北鲁南，有时深夜即被唤起来，睡眼惺忪地跟母亲随众人疾走在星光下的河堤上，据说是为了躲避炮火。有一年冬天，母亲忽然几天不见；后来才知道，因为遗失了父亲从南京邮寄的40元汇票，她独自一人，连夜骑自行车赶了二百多公里，从海州奔往郯城，为的是在邮政所早晨上班时挂失。在山东避难，母亲和我们体会了什么叫寄人篱下。由于断粮，大哥、大姐被寄送到大姑家，二哥被寄送到二姑家，我则被寄送到一个远房姑奶奶家。两个妹妹太小，由母亲随身带着，前往南京寻找父亲。文革结束后，39岁的母亲，做了移民村支部书记。她主持工作期间，村里第一次通上了电，进行了“旱改水”。看见她风风火火开展工作，我们才慢慢知道，上个世纪50年代，20岁的母亲，即是赣榆县官河乡（小乡）乡长，辖区九个自然村；嫁给父亲后，由于后者响应国家号召，动员母亲“下放”到了吴山乡。

什么是母亲的勇敢？她相信丈夫对国家的信从是正确的，毅然牺牲了自己的前途；她相信六个孩子的未来是重要的，艰辛备尝把儿女抚养成人。同时她也相信，自己革命一生，晚年决不会被政府忘记。但是动乱期间，她的政历资料被组织遗失了；即使她以前的同事出面证明，依然难以重新建档，只发放了300多元的“一次性政策补助”。她沉默了。她的晚年，话语很少；内心所承受的，已远非“勇敢”二字所能尽述。蔡英妹的勇敢，缘于母爱，感人至深。对于母亲来说，勇敢已经不是一个问题。她的无语里，有太多的沧桑。76岁那年初冬，原本应该安享天年，母亲却抑郁而终。如今，母亲走了已经三年。一千多个日日夜夜，有个问题一直令我难以释怀；公益短片《母亲的勇敢》再次触发了它，那就是，当需要母亲们付出勇敢时，她们会毫不犹豫；当母亲们无助、无奈和无语时，我们的勇敢，又在哪里。

2010年10月30日

聆 听

关于母亲，回忆到深处，便会碰到一个无法回避的问题，就是她与父亲的关系。

母亲与父亲，当然是夫妻关系。但是问题的重心不在这里，而在于他们关系怎样，也就是说，以谁为主，是否和谐，有无特殊之处。

在我们所在的移民村，很多人称我们家是“老周家”，也有些人称为“老李家”。称“老周家”的人，多是村里百姓；而称“老李家”的，则背景复杂，有些是“公家人”。我们的父亲“老李”是“公家人”，吃“国库粮”的，但却不是户主；村里户口本上的户主，登记的是被称为“老周”的我们的母亲。星期一早晨，村里人会看见我们的父亲骑着自行车到县城去上班；周期六傍晚，又会听见自行车铃当在村口响起。那是他下班回到农村家里，过星期天来了。这种情景，让我想起一部日本纪录片，叫做《小鸭子的故事》。片子里面的鸭父亲，便是一位“候鸟父亲”，他“时来暂往”，并不与鸭妈妈生活在一起。鸭妈妈不仅负责生蛋，还要负责孵化、养育、带飞，教会小鸭子们生存的本领。母亲带着我们兄弟姊妹五六人，常年劳动和生活在没有星期概念的村里，非常像那只鸭妈妈。

我们家的“城乡二元结构”，是上个世纪六十年代初的中国特产。当时中央政府提出“调整、巩固、充实、提高”，作为调整国民经济的“八字方针”，精简下放了一大批国家干部、学校教师和厂矿职工。我们的母亲，1948 年参加革命，1953 年为赣榆县官河乡民选小乡乡长；班子成员有副乡长、武装部长与文书等 11 个人，主管 8 个行政村。因为嫁给父亲，被他当时“积极响应”中央号召，按家属身份报了名，落入下放之列。母亲并不同意，但父亲以另外的理由动员我们的母亲：这么多孩子，你不下放，我哪里有钱雇保姆？面对 1956 年出生的大哥、1957 年出生的大姐、1959 年出生的二哥和 1960 年出生的我，以及胎动母腹、尚未出生的两个孪生妹妹，母亲低下了头，带着我们一道成了农民。这种特殊的家庭组合，为父母关系埋下了数量和威力都很充足的定时炸弹，每到关键时刻便会引爆，使他们整个人生充满了此起彼伏的爆炸声。

父母又在拌嘴。父母又在吵架。父母总是在拌嘴、吵架。这是我童年时代生成、少年时代固化的印象。争吵伊始，我还以为那不过是父母就同一个问题发表不同的看法，或者就不同的问题发表不同的看法，只是使用了比较高的声音。我和兄弟姊妹还会围绕在他们身边，不时报以一些配合性的笑声，以稀释他们话里的火药味。但接着，我们发现几乎所有的问题，他们的看法都不同，都相左甚至相对；他们针尖对麦芒，互相质疑，互相否定。其实他们彼此的话里，有些是有道理的，甚至是正确的，但也被对方迅速贬得一钱不值。我们明白了：他们不是在探讨问题，不是在沟通，甚至不是在对话。他们说话的形式和说出的内容，让我们想起了当时的一段伟人语录：凡是敌人反对的，我们就要拥护；凡是敌人拥护的，我们就要反对。他们就是这样做的。我们渐渐害怕起来，不再报以于事无补的笑声，也不再围绕在父母身边，而是慢慢地走开了。因为我们意识到，也许正是子女的在场，导致了双方的互不相让。所以，即使已经是傍晚，即使肚子已经饿得咕噜咕噜叫唤，我们也会走到街上，甚至走到村外。我们伤心地想，父母又在拌嘴、吵架了。这样想着的时候，我们的眼泪会不由自主地流下来。

在黄昏的寒风里，两个十四五岁的少年和两个十二三岁的女孩，流着泪水，沿着街巷或河堤慢慢地走着。那是我和二哥，还有两个妹妹。我们会走得很远，为了耗完我们估计出来的时间。我们希望天黑下来的时候，星星亮起来的时候，回到家里，父母的争吵已经平息，一切复归平静。

我们一边祈祷着，一边探讨这样的问题：世界上究竟有没有父母没拌过嘴、吵过架的家庭。两个妹妹认为，那样的家庭肯定是有的。她们举出许多童话故事佐证：王子和公主、书生和大家闺秀、穷苦后生和天宫仙女，总之所有那些有情人，虽然历尽艰险，最后都成了眷属，“从此过上了幸福的生活”。她们说，她们从来没有看过童话故事里的男女主角拌过嘴、吵过架，所以才能说“他们从此过上了幸福的生活”。如果他们也拌嘴和吵架，生活肯定是不幸福的；童话故事在结尾也就不会说“他们从此过上了幸福的生活”。

童话故事的氛围令我们神往，让我们沉醉。我们迟迟不愿从那样的氛围中走出来。每当父母拌嘴、吵架的时候，我们就会想起那些童话故事，彼此喃喃地询问，为什么童话故事里的家庭，都是那么幸福呢？

因为它们是童话故事，二哥说。在兄弟姊妹中，二哥总是能够表现出比我们更多的成熟和理性。他的话，让我们将童话故事和现实进行了对比。的确，我们还没有见过哪家的父母不拌嘴、不吵架的。西院的张奶奶，虽然殁了丈夫，也就是说，没了拌嘴、吵架的对手，但是，她的二儿子张明鹤接替了她的丈夫，隔三差五地和她拌嘴、吵架。东院的明岗叔，虽然脾气不大，他家的婶子也低眉顺眼，但是，屋里也经常会传出争吵声。往东过了街，更不得了。张庆考对他“家里的”，我们叫她大娘，已经不光是拌嘴、吵架了，直接动手，薅着头发拽倒在地，用翻毛皮鞋踢上了。再往东，愈演愈烈，张明星家，两口子动了铁叉，甚至殃及儿女，将他们家大闺女小自的腿伤成骨折。这就是现实。这样的现实，这样的家庭，能说他们已经“过上了幸福的生活”么？

当然不能，二哥说。他接着问我们，你们在“他们从此过上了幸福的生活”之后，还看到了什么？我们愣了一下，说童话故事结束了，我们什么也看不到了。不，二哥说，你们会看到一个句号。这就是二哥的幽默。我和两个妹妹只得承认，“他们从此过上了幸福的生活”那句话后面，确实有一个句号。一个句号，二哥说，童话故事就让人怀疑了：为什么过上了“幸福生活”后，就不再往下写了？

二哥的话让我们如梦初醒。是啊，那些有情人成为眷属并且“过上了幸福的生活”之后，是否就真的没有拌过嘴、吵过架？是他们没有拌嘴、吵架，还是他们拌嘴、吵架了而作家没写？这是个叫人把脑袋想木了也想不出答案的问题：因为一个句号横亘在那里，后面什么也没有了。这些作家，也真是的。我作了埋怨性的总结后，大家都纷纷叹息。这时候，家院已经离我们不远了。我们重新装出高兴的样子，发出快乐的笑声，喊着，妈妈，爸爸，我们回来啦！

我们回来了。家里黑漆漆、静悄悄的，似乎已经平静下来。但是，我们听到了嘤嘤的哭泣声。堂屋黯淡的光影里，我们先是看见了父亲，坐在家里唯一的一把椅子上默默抽烟，烟头一明一灭；接着，我们看到了母亲，坐在凳子上，掩面抽泣。那样的情景，让我们心生疼痛，齐齐高声叫道，爸爸！

我们的父亲，一生威严。他听出了子女叫喊声中明显的倾向性，也听出了我们说不出口的复杂的潜台词。正是他的威严，让我们喊出“爸爸”的音节之后，再也多不出一个字。他没有应声，而是将烟蒂朝地上一扔，用脚踩灭，朝院里的自行车走去。随后，院里响起了自行车后车架被踢开的声音。我们的父亲，骑上车子，回城了！

我们万箭穿心，环绕着母亲，纷纷大哭起来。这时候，母亲反而不哭了。她擦干泪水，制止了我们心痛与恐惧交织的号哭，走进锅屋，用水瓢往锅里舀水，开始做饭了。我们看见，母亲虽然还在哽咽，但她坚韧的表情已经被灶膛里的火苗映红。

随着年龄的增长，我们耳闻目睹了父母更多的拌嘴和吵架。父母拌嘴、吵架的内容，可大可小，或时大时小。小的，如家里为什么总是显得那样凌乱，父亲想找的一把剪刀或一只鞋刷，为什么总是不在它们应该在的地方；大的，如母亲在文化大革命中丢失的干部身份档案，父亲为什么不能找人恢复或重建。但是我们知道，家里凌乱，是因为母亲做着移民村支部书记的工作；而工作太忙，使她无法像一般家庭妇女那样，将家收拾得整洁、利索和井井有条。父亲难以为母亲找回身份，是因为他并非权贵，面对的却是庞大而无序的国家机器。也许你会说，拌嘴、吵架并非就是不幸福；有的时候，拌嘴和吵架甚至是幸福的变奏，是幸福的副主题。这样的说法，看似有理，貌似辩证，但实际上可能忽略了另一个问题。这个问题，甚至连争吵中的父母也没有意识或无法顾忌到，即他们的每一次拌嘴，对于子女的心灵都会形成一次伤害；每一次吵架，在我们的心里都会造成一次恐慌。单独评价父亲，我们会认为他博览群书、见多识广，是世界上最智慧、最幽默、最达观的父亲；单独评价母亲，那更是世界上最美丽慈祥、最宽厚大度、最勤劳坚韧的母亲。但是，他们两人落成的家庭结构形式，却让子女亲历了我们所能看见的家庭中最多的争吵。当然有的时候，争吵声也会忽然消失。你不要以为我们的父母已经和好如初。实际上，那是在冷战，往往比拌嘴和吵架更加可怕。拌嘴和吵架，是他们还有话可说；而不拌嘴、不吵架了，常常意味着已经无话可说。这让我们更加害怕。你可能已经意识到了我们害怕的是什么。是的，我们害怕的是母亲离家出走。

我们的母亲，不是没有生出离开父亲、再次独立的念头。正像她早年不顾外祖父全家的反对，义无反顾地嫁给身为“荣军”、腿有残疾的我们的父亲一样。以她争取独立与自由的勇气，面对贻误她整个人生走向的丈夫，她曾多次想一走了之。但低头一看，膝下五六个孩子总是眼泪汪汪地、无助地望着她。她没法走。她只能继续留下来，担当和履行母亲的职责。这样，离开父亲的念头，就像离离原上草一样，一岁一枯荣。

将母亲离家出走的念头无限期延迟的，是我们兄弟姊妹的成长。大约 16 岁时，我忽然发觉母亲对我说话的方式，再也不是家长对儿女要求甚至命令的口气，而商量的、甚至是尊重的口吻。那种感觉十分独特，令我新奇、惶恐，又很满足。在母亲期待和信任的目光里，我也开始注意自己的言行，尽量使自己配得上母亲视我为成人的态度转换。常人可能会感到费解：子女长大成人，应该意味着一位女性争取独立时机的成熟才是。但正是我们逐渐地成熟，反而让母亲的时机熟过了头，变得似是而非起来。因为长大成人的子女的意见，已经开始能够延缓她离家的想法，动摇她出走的决心。与此同时，为子女劝解增加说服力量的，是在上个世纪七十年代末至八十年代初，我们兄弟姊妹在三五年里不断地“金榜题名”。相关内容，在散文《担当》里我已经有过记述，所写的既有二哥作为兄长的担当，更有母亲为子女成才的担当。而此刻，我要写下的，不再是我们作为子女为父母带来的喜悦或荣耀，而是我对于母亲的忏悔和自己永远无法改过的伤痛——

转眼间，我已经上大学三年级。1982 年冬天，寒假来了，我回到县政府宿舍“五排楼”。那是我们兄弟姊妹五人先后考上大学后，全家从移民村搬入县城后拥有的新家。楼是两层，我们家住一楼东侧；但二楼正面，也分了一间。家里把它分配给大姐。某天我正在大姐房间躲闲翻书，一点没有意识到我一生中的特殊时刻已经来临。

母亲推门进来了。她似乎不像往常那样，到房间里找东西，而是进来后便将门关上，坐在了我面前。我对母亲说，妈，您有事啊？母亲听了我的话，忽然哽咽起来。

唉，我这一辈子啊，母亲说，你爸他……

我心头一紧。在那一瞬间，我知道，父母新近又拌嘴、吵架了。母亲 1932 年出生，到她坐在自己最小的儿子面前开口想要说出心事时，已经整整 50 岁。50 岁，在国人观念里已经步入后半生。也许在那之前，儿女在她眼里年纪尚小，芽稚苗嫩；她半生辛酸，不会向儿女诉说。她也知道自己在儿女眼里，是大地，同时是天空。现在，总算盼到他们大了。她的小儿子，也就是我，已经有了唇髭，应该是个有所担当、能够聆听并为母解忧的男子汉了。她可以说了。她说了。但是，她的小儿子，我，说了一句什么样的话？

妈，相互理解吧，我说，不然，我们做儿女的，该怎么办呢？

母亲一时错愕在那里。那是母亲第一次，也是最后一次，更是唯一一次，想向她那已经 22 岁、在北京读了三年大学的小儿子有所诉说。但是，我用一句大而无当的劝解，封堵了母亲想要向小儿子敞开的心扉。她坐了一会儿，没有再说什么，默默起身，离开房间，走下了楼。自那以后，母亲再也没有向我说起她的心事。

因为那样一句貌似正确的劝慰，我痛悔终生；因为我话语里显而易见的规劝意味，让母亲将要说的一下子话咽了回去。自那以后，我失去了，永远失去了聆听母亲心声的机会。多年以来，我不止一次为自己寻找辩解的角度。我试图安慰自己，当时之所以那样说，是我想维护一个整体——家庭的整体，父母的整体。只要整体还在，我当时的劝慰就是妥当的，至少取得了模糊的稳妥性。出于维护家庭整体的目的，儿女无疑无法在父母中间判断是非。我盘桓在那样的解释里，久久不愿意离开。我甚至从家庭伦理学、社会学心理学和性别心理学等多个角度，为自己佐证和开脱：家庭无是非。因所谓是非而拆分的家庭，子女最终都受到程度不同的影响。我时常自我安慰，自己当时那样说应该是对的，甚至是唯一正确的说法。

现在，我已经超过了母亲当年开口向我诉说的年纪。回眸来路，反躬人生，我对父母相伴一生的关系依然不便给出是非判断；但生我也父母，教我也父母，他们对于子女构成的不同的价值体系，我却可以作出基本的判断，说出自己的理解。这里，我再次想起日本纪录片《小鸭子的故事》。片中的鸭子，不是我们习见的家鸭，学名斑嘴鸭；本质上是鸟，是能够长途迁徙飞翔的鸟。我曾多次观摩那部纪录片，感觉片中的鸭妈妈忍辱负重，视野高远，非常像我们的母亲，一生牺牲自己，像大地一样承载着我们兄弟姊妹，艰辛备尝，却坚定地指给我们蓝天，并给了我们飞翔的本领和力量。在能够看见的蓝天里，我们看到了什么？看到了我们的父亲，正像池塘或皇家护城河里的小鸭子看见了滑翔而至的鸭爸爸。那时候，父亲每周回家的星期天，不仅是我们兄弟姊妹的节日，也备受左邻右舍的欢迎。因为我们的父亲读过私塾和民国小学，进过中共“滨海建国学院”和“山东齐鲁干校”。我上中学时，曾在他宿舍的桌子上看见《反杜林论》、《宇宙演化图谱》和《牛顿经典力学讲解》等书籍。所以他回到家里，总能带来外界的消息，大至世界风云，中至国家政策，小至世间轶闻。无论冬夏，我们家星期天总是熙来攘往，像说书场一样热闹。茶炉里的煤添了一块又一块，暖瓶里的水冲了一壶又一壶，伺候我们的父亲纵论天下大事，讲述今古奇观。星期一早晨，他又消失在那座移民村，将下个星期天的期盼留给我们和乡邻。他就像那只鸭爸爸，确实没有为养育小鸭子吃过多少苦，受过多少累。他悠然翱翔在蓝天里，展示着自己作为一只鸟的优雅和自由；而那正是父亲对于我们构成的意义：他在暗示我们，虽然我们还在池塘或护城河里游弋，但我们是他的孩子，我们不是普通的家鸭，我们也是鸟，我们最终也要像他那样飞翔，飞向蓝天，飞向远方。为了达成这样的未来，他不断给我们带来远方的消息，秋天的消息，那是我们迁徙的节令。当然，我们的母亲一定也想像父亲那样潇洒自由，那也是她多次想离开父亲、离家出走的深层原因。本质上来说，她也曾是国家干部，正像那只鸭妈妈一样，也是一只可以翱翔的鸟。但是回首一望，母亲看见我们还在池塘里，还在护城河里，与那些家鸭并没有什么两样，我们还不能飞翔。为此，她不能飞走，她必须留下来，教给我们飞翔的本领。没有父亲，我们不知道远方的消息，听不懂秋天号角的声音；没有母亲带领我们练习，我们更无从振翅远航。

但是，尽管随着时间的推移，1982 年的冬天离我越来越远，我却越来越不安，越来越痛苦，越来越不能说服自己，越来越不能原谅自己。扪心自问，那年的寒假，在母亲想要诉说的时候，我的劝解真的妥当、甚至是唯一正确的说法吗？……

母亲已经年过半百，母亲想要向自己的小儿子开口诉说心事。母亲的内心，肯定有过难以言表的纠结。虽然已经 50 岁，但母亲并不永远是母亲；母亲有时可以是一个脆弱的女性，可以是一个无助的女子。母亲的艰辛，母亲的酸楚，只是想要诉说，需要聆听对象。而她最小的儿子，从小最听话的儿子，已经长大成人的儿子，却会错了她的意，曲解了她的心，低估了她的境界，以为她要让儿女在父母中间判断是非。实际上，已知天命的母亲，想要诉说时也许并非想要改变什么，只是想要对着小儿子诉说；即使父亲当日，也会乐见我坐在母亲膝下聆听。但是那年冬天，母亲很可能带着困惑离开了“五排楼”的二楼，带着失望离开了大姐的房间，带着遗憾离开了小儿子的视线。

母亲，1982 年的冬天并没有离我远去；三十多年来，它一直定格在我心里。我用超过您当时年龄的半生阅世，早已接近并且理解了您当时的心迹：您所需要的，并不是小儿子在父母中间的选边站队，更不是维护大一统的规劝；您所需要的，应该是，仅仅是，只能是，一种静静地聆听，和聆听之后的丝丝体察，以及体察之后的点点良知。

2013 年 2 月 2 日

青　山

蓦然回首，我已经年逾五十，走过了半个多世纪的光阴。五十多年里，大约有四十年，我学习、工作和生活在连云港市。当然，后半生的若干年，我也无法不属于那里，因为那里的亲人、朋友，因为那里的河流、大地，更因为那里的一座青山。

那座山，便是“抗日山”，我的母亲长眠在那里。

1960年9月2日，母亲让我与她相见。在那之前三天，也就是8月30日，母亲打电话给她在石梁河水库工地指挥部的丈夫，也就是我未曾见面的爸爸。母亲说，购粮小本被公社收缴了，家里断粮已经三四天。打电话的母亲，身边正环绕着三个饿得面黄的孩子，分别是我的大哥、大姐和二哥。尤其二哥，先于我一年看见世界，发表观感的方法基本是号哭。你可以设想一个一岁左右的男孩，既无奶水，又无食物，胃里空空，除去用哭声表达自己的愤怒、痛苦和困惑之外，还能有什么别的方法。因为他不像我四岁的大哥和三岁的大姐，已经被告诫要忍饥挨饿，并且必须跟着母亲“下湖捯地瓜”，也就是从收获之后的田里搜索残余地瓜来糊口。

接电话的父亲，那时正在水库工地指挥部做政工科长，按领导指示忙着“反贪污”。在他晚年的著作《山风海雨》里，我找到了当时有关情景的回忆——

我去了欢墩公社，找到秘书刘立申，跟他说："我在塔山反贪污，妻要临产，四个小孩非饿死不可；把小本给我，天大的干系我自己担！"

刘立申找出我的购粮本说："别吱声，小本收回是不准再给的，我偷偷给你，快去欢墩买粮吧。"

我拿了购粮本，买了20斤面，妻给我做了碗面片汤，她留了碗面糊涂。这样临时饿不死了。

父亲喝完那碗面片汤，又走了。那之后第三天，我就来到世界上一个叫孟曹埠的村子，加入了与兄弟姊妹争口粮的行列。

我出生后，哺乳期的母亲面前，只有十几斤面，却多出一张要吃奶的嘴巴。相信母亲耳畔的哭声，除了我二哥的，必定还加上了"小四"，也就是我的。在父亲的《山风海雨》里，我接着读到以下的文字——

在石梁河北岭买不到鸡蛋，我给老岳父一点钱，叫他在官河"查乎"（寻买）几斤。老岳父往欢墩送时在瓦窑沟磕倒了，挎了小半篮鸡蛋壳来到石梁河，数了下还剩四个好的，妻干脆炒给他吃了。一个月子里，妻没吃一个鸡蛋……

我出生前后的三年里，全国饿死了不少人。而我们兄弟姊妹六人，却全活了下来，这是我对母亲所受苦难反向推测的基点之一。基点之二是，我出生后的第六年，全国山河一片红，接着是一片混乱，母亲带着六个孩子，举家在外逃亡长达三年，居然没丢失一个，不能不说是又一个奇迹。第三，全国恢复高考后，除大哥14岁入伍为现役军人，其余兄弟姊妹五人全部考上大学，成为当时赣榆县的佳话。

但是，母亲本人并非只是守着六个孩子操持家务的"家属型"女子。在外祖父家里，她是长女，1948参加革命，剪着齐耳短发，腰间扎着“武装带”，成为“青救会”骨干；1951 年入党，两年后被民主选举为赣榆县官河乡小乡乡长，负责 8 个行政村工作，推进初级社、高级社成立和乡社过渡。

母亲与父亲结婚的第五个年头，据说为偿还“苏债”，中央政府出于自我解困的目的，号召机关干部家属下放农村。父亲出身荣军，自然不能下放，却答应组织要求，报名让我们的母亲下放了。下放便意味着被舍弃。而我和两个孪生妹妹的次第出生，构成了一支六个孩子的队伍，将母亲牢牢拴在了农村的家庭里。直到 1975 年，文革成了强弩之末，母亲才重新履职，担任了我们移民村的支部书记。那时候，我已经 15 岁，到了能够读懂母亲工作魄力与能力的年龄。我看见母亲带着全村如何改良种植，兴修水利；看见母亲如何为村里第一次通上电力，建起村级卫生室；看见母亲如何把村里的小学建成“完小”，甚至有了初中部……母亲多次受到上级表彰，一直工作到 1985 年退休。

虽然退休了，由于文化大革命动乱，母亲的公职档案一直下落不明，因此并未享受国家相应的退休待遇。与她当年做乡长时共事的很多同事，纷纷出具证明，组织依然难以重新建档。我们兄弟姊妹六人，或者是国家一级编剧，或者是中国作家协会会员，或者在媒体为官，或者是高等院校教授，面对母亲的遭遇，却都像我们的父亲一样，束手无策，坐实了“百无一用是书生”的古训。母亲为此虽然心情郁闷，却不允许子女非议政府半句，以沉默接受了组织对她的不公，直到 2007 年 12 月 11 日 11 时 30 分，离开令她牵挂绵绵的世界。

母亲走了。赣榆县吴山殡仪馆里，来自南京、杭州高校和连云港市报社、广电、文化、公安、税务等各界三百余人，参加了她的追悼仪式。父亲在家守着母亲的骨灰，坚持三年不葬；对于娘舅家“入土为安”的提议，以不表态的方式作了婉拒。我们兄弟姊妹理解、支持了父亲，心里感觉，母亲并没有离开我们。

父亲设想，三年后将母亲送往老家郯城的“老林”，即李家在郯城的祖坟，以便他百年之后与母亲合葬，落叶归根。我们也曾经认同老人的想法。但是，郯城李家“老林”的祖坟，经年不葺，荒草萋萋；而我们做子女的又分布沪、杭、宁、连几个城市；再晚一辈，甚至远居东瀛，祭拜实为不易。所以，当亲友提议考虑将母亲安葬在“抗日山”时，兄弟姊妹很快达成共识。我与亲戚一道上山考察了墓地选址，拍了照片，一路想好说词，回家对父亲说：

“‘抗日山’，在赣苏北鲁南是圣地；是中国，是唯一用二战中国战区背景命名的山。母亲一生，从养育子女到参加革命，根在赣榆大地，应该魂归灵山。父亲您又何尝不是这样，戎马倥偬，山风海雨，既然与母亲结缘，就是和赣榆缔结了终生。”

我最末的话，已经将父亲百年的后事考虑在内。父亲听罢，又看了我拍摄的墓地照片，最终颔首。这样，2011 年 4 月 5 日，我们全家与亲友一道，将母亲的骨殖移送“抗日山”。父亲专门为母亲的墓碑写了“墓志铭”——

依山傍水，墓穴一间，花岗岩结构，大理石栏杆，墓前大水库，阳光照九寰；相夫教子数十年，子女皆登文坛：作家四五六，教授一二三。生前贤妻良母，死后灵魂升天。生也安然，死也安然。地灵人杰风水地，荫子孙幸福，延绵万年。

这一天是清明节。我们的母亲安葬“抗日山”，苍天似有感应：仲春时节，天空飘飘洒洒降下雪花，很快落满大地，染白青山。

2013 年 1 月 19 日

第二辑 阳光

歌神下嫁给朋友

程丽娟，在朋友中间是一个传奇。上个世纪九十年代，中国东部那座沿海城市里，有两个演剧场所，在市区新浦的民主路上毗邻着，一个叫做“文化宫剧场”，一个叫做“工人电影院”，隶属附近的地标建筑“工人文化宫”。你只要看见“民主”的字样，便会知道那条街道由来已久；你只要看见工人们还有自己的文化宫、剧场和电影院，便会联想到他们现在的地位，与那时差如云泥。但我要说的重点不在这里，而在于我们几个朋友，大约是刘放、张亦辉、李建军、陈武，自然还有我，在“文化宫剧场”看一场演出。临近终场，我们都知道压轴节目就要开演了，却见上来一个小姑娘，走到台前，很有“范儿”地环视全场。这时候《历史的天空》前奏音乐响起来了。我们听见了毛阿敏的声音。但是，不对，比毛阿敏唱得好，更浑然沉雄，更富有穿透和表现力……是眼前小姑娘的声音。即使走南闯北，见过一些世面，我们还是不由自主地鼓起了掌；同时，耳鼓里灌满了全场潮水般的掌声。

那是我们初次见到程丽娟。但是，朋友们很少有人知道她叫程丽娟；更无从猜想，她以后会成为朋友当中谁的夫人。在那个文学如此多娇、引无数英雄竞折腰的时代，我们怀揣梦想，心忧天下，时常不为五斗米折腰。朋友里面，先是郝立富，在机床厂干得好好的，为了文学，辞了；再是谷毅，锅炉厂八级焊工，为了文学，辞了；接下来，便是李建军，主编过《连云港市交通史》，做着市编办的机关干部，正“下派扶贫”期间，说辞，也辞了。莫不是李建军仕途不顺，才被下派；觉得前程渺茫，才黯然离职？答案是否定的。这里需要补叙一点社会学知识。作为军人后裔，李建军知道“下派扶贫”的性质，相当于“下连队喂猪”。“下连队喂猪”，典出军界，指的是部队“提干”前，将提拔对象下派到连队，干最脏、最累、最重的活儿；思路源于孟子“天将降大任于斯人也，必先苦其心志，劳其筋骨”。和平年代，部队提拔干部形成“喂猪”机制，自然有其合理性，遂演变为常见的社会现象。李建军被下派扶贫，说明组织对他已有属意：放下去，是为了提上来，前程显然是可喜的。但是我们的朋友，却在下派扶贫即将结束时，辞职了。

李建军辞职，我们并不感到奇怪。因为当时辞职写小说，已经不是什么新闻，比如李冯；能够成为新闻的，是谁写出了轰动世间的小说。让我们感到奇怪的是，李建军辞职后并没去写小说，而是开起广告公司，做起了墙体广告。原来他的辞职属于“下海”，是一个 35 岁的年轻人参照北京一个重要会议的精神，把脉社会、预测时代走向之后，到商海弄潮去了。

一个写得一手好小说的朋友不再写小说了，让我们倍感惋惜；就像一个热爱足球的人，绿茵场上见不到普拉蒂尼，尽管眼前人头晃动，心里却恹恹的。因为那时的李建军，已经是出色的小说家，在《北京文学》、《青春》和《清明》等杂志发表过许多头条小说。好在他并没有从朋友们视野里消失，还时常在“金城公寓”他公司的办公室里，在我们聚会的小酒馆里，有时也在朋友家的餐桌上，与大家分享他新近读到的何立伟、马原和苏童，畅谈他如何驾驶着自己的“标致 307”，在大别山深处“千里走单骑”。听李建军说话，你会感觉是一种享受：对任何风险，他都能谈笑风生，将富有磁性和感染力的、略带沙哑的笑声，送到你心坎里。听了那样的笑声，你就知道，这个世界其实并没有什么大不了。果然，公司开了又关，关了又开；轿车买了又卖，卖了又买；金钱来了又去，去了又来；李建军还是那个李建军，略带沙哑和感染力的笑声，依然那样富有磁性。而在流逝的时光里，有一种新的娱乐方式，叫做“卡拉OK”，走进了公众生活。

“卡拉OK”，是日本人发明的一种伴奏系统，用事先录好的音乐伴人歌唱，通过音响处理音效，美化歌者声音，与音乐浑成美妙的立体声。在上个世纪九十年代，歌舞厅能够与公众发生联系，不仅由于它是社交场所，还因为里面的“卡拉OK”可以让普通民众过一把“歌星”瘾。据说日本人的这个发明，缘于岛国的一种奇异风俗：男人过早回家，会让邻居们看轻和笑话，认为工作之余，连个应酬都没有。这样一来，许多男人下班后，便会找酒吧或茶馆消磨时间，边喝酒、饮茶，边用话筒接通电视机唱歌。生活产生需要，科技随后跟进，酒吧和茶馆里，由录像机而影碟机，供男人们唱歌的音响设备逐渐演变成了现在的“卡拉OK”。台湾先行引进，大陆随后风行，至今不衰，而且“量贩式”——可以自选点歌了。

在上个世纪的九十年代，只要路过中国东部那座沿海城市的朝阳路，没人看不见新浦区工商局二楼坐落的“海马歌舞厅”；它的霓虹招牌，入夜便开始在星空下闪烁。你或许联想到了，那家歌舞厅的老板，就是李建军。我们也是那么想的，因为歌舞厅起名“海马”，有戏仿王朔的意思，很像李建军手笔。在《渴望》和《编辑部的故事》带火了电视连续剧的年代里，王朔们曾经成立了一个民间影视组织，叫做“海马影视创作中心”，后来更名“海马影视创作室”。中国社会科学出版社在两年后，跟进出版了“海马文学丛书”，我们这些朋友喜欢的莫言、刘恒、杨争光和池莉等都纷纷入编，说明“海马影视工作室”做得风生水起。朝阳路上的“海马歌舞厅”也一样，因为一个人的出面，生意红红火火。

我们知道了李建军的“海马歌舞厅”，亲戚、朋友有唱歌的需求和机会，便会带过去。一位年轻女子主动走过来，大大方方地招呼我们，说：“是找李建军的吧？”我们很惊讶，对方怎么会知道我们的关系？年轻女子自我介绍道：“我是程丽娟。”

程丽娟，在本文繁言不要地叙说了李建军那么多、那么久，她才再次走进字里行间；程丽娟，自朋友们在“文化宫剧场”看过那次演出后，她的演艺风采，时常像夜空绽放的礼花一样，引得我们驻足仰望。现在，她就微笑着，站在我们面前。

我们的大脑，立即用“云计算”速度，综合分析程丽娟站在面前的合理性，最终依然不得要领，只好问：“建军呢？”我们故意省略了“李”字，以显示关系非同寻常。“他去南京了。”程丽娟说。我们立刻像泄了气的皮球，信心不足地说：“那个，我们找他是……”“没关系。”程丽娟说，“我代他安排就是了。”就这样，在她的安排下，我们进入了非常好的包间，用上了非常好的音响，享受了非常好的服务——那时候歌厅点歌不是现在的“量贩式”，必须排队；而我们不时提出的“优先”或“跳歌”的愿望，一一得到满足。与我们同去“海马歌舞厅”的，还有那座城市艺术学校的教务处长，早年主演过京剧《沙家浜》里阿庆嫂的；而我是京剧“马派”迷，朋友们便提议合作那出戏中的“智斗”片断。唱段大意是，有日本留学背景的参谋长，怀疑八面玲珑的茶馆老板娘为中共地下党；可惜司令草莽出身，对于他的百般提醒甚为反感。马连良先生原唱中有一句“新四军就在沙家浜”，调门极高，超过了我音高的极限。程丽娟见状，便到音控室让音响师降调，让我在朋友跟前赚足了面子。当然，还有不时送进包间的果盘，还有结账时的优惠；有时甚至没结账，我们也能很体面地——用现在的话说，很有尊严地——下楼，走出去，离开歌舞厅。

如果预约了，我们也能在“海马歌舞厅”见到李建军；繁忙之余，他也会陪我们坐在包间里说话，唱歌，虽然要不停地接打手机，处理业务。有时候，李建军也会喊来程丽娟，为朋友们献歌。程丽娟走进包间，很清新地向我们微笑着。那样的时光，便成了我们的节日。要知道，当时她已经是中国东部那座沿海城市的当红歌星，我们心目中的歌神；各类晚会与广场演出，都以能够请到像她那样的实力派压阵为重要看点。程丽娟在任何场合都有气场。听她唱《青藏高原》，尤其是具有挑战性的末句，你会理解什么叫“响遏行云”，觉得她不输李娜；听她唱《天路》，你会生成这样的想法：她的音域比韩红更加宽广、深厚和辽远。在她引吭高歌的时候，你心里会暗暗祈祷，希望歌声不要出现休止符。但是，不行，歌声停止了，旋律终止了，节日过完了。虽然余音绕梁，歌神已经在向大家点头示意，准备告辞了。难舍之余，有人提议李建军与程丽娟合作一曲。节日在大家心里，又开始延续了。要知道我们的朋友李建军，不仅英挺俊朗，符合如今“高富帅”的所有标准，歌声也很深沉厚实，动人心弦。简单商议了一下，他们决定合作一首《选择》。两人手持话筒对唱，时而望向荧屏，时而对望，目光中溢满情意；因为歌声传达的，正是他们的心声：

（男）风起的日子/笑看落花

（女）雪舞的时节/举杯向月

（男）这样的心情

（女）这样的路

（合）我们一起走过

希望你能爱我/到地老/到天荒

希望你能陪我/到海角/到天涯

就算一切重来 / 我也不会改变决定

我选择了你 / 你选择了我

这是我们的选择

到这里，我希望并且相信，读者已经原谅了我为什么叙说了李建军那么久、那么多，文字才回到程丽娟这里。“海马歌舞厅”开业前后，我们的朋友李建军“下海”弄潮、呛水搏击，已经有几年岁月；此间我们的视野里没有程丽娟，但这并不意味着，程丽娟的视野里没有李建军。那位小姑娘究竟何时走进了李建军的情感世界，我们并不知情。但我们相信，几年以来，程丽娟的眼睛和心灵，应该没有离开过我们的朋友李建军。她眼睛注视着他，心灵陪伴着他，理解他的思想，守望他的梦想，支持他的决策，关心他的行止，直到她站在心爱的人跟前，用选择《选择》的方式，向朋友们表明两人的关系。我们在瞬间明白了，《选择》不仅是叶倩文与林子祥的“选择”，也是程丽娟和李建军的“选择”。

苦恋八年之后，程丽娟最终同意下嫁我们的朋友李建军。在中国东部那座沿海城市的一家“海鲜城”，李建军举行了隆重的婚礼，并特邀我做主持人。为了表示郑重，我专门撰写了婚礼主持词，以上帝的名义，代表亲朋好友，对李建军和程丽娟一朝完婚表达了深深的祝福。朋友们都为李建军高兴，许多人喝得酩酊大醉。当然，也许最先醉倒的，是幸福的新郎李建军，那是终于娶得美人归的沉醉。

李建军的酒量，不能算小，也不能算大，高低深浅都看心情。婚后那年秋天，他在别处饮酒至醺，心里想念朋友，步履踉跄地到了我家。进门之后，就朝我端过来的脸盆里吐酒，而后倒在沙发上沉沉睡去。我家的那只沙发，万向轮虽然坏了一个，却没影响他鼾声的质量；也许微微倾斜的角度，十分有利于酒后的睡眠。当然更多的时候，我们醉后，身边连坏掉万向轮的沙发也没有，只见到不知从哪里冒出的几个肚子硕大的水泥搅拌机，哼哼呜呜，表达的意思语焉不详。在我的记忆里，与李建军共同醉酒迷路，曾经在城郊彻底失去了方向。时间已经是夜里十点多，我们还没有辨识到熟悉的地标；脚下不知怎么回事，又出现了坑坑洼洼的工地。打桩机撞击地面的闷响，让两个醉汉忽然灵感天启，想起又一位朋友，小说写得很有力道，名字叫做吴宗强，身份是那座沿海城市建筑开发联合公司的副总经理，建有多处楼盘；说不定，脚下的工地正在他的管区之内呢。我们叫过眼前的建筑工人，问“扁担巷”在哪里。李建军指着我说，知不知道他是谁？是谁？工人问。吴宗强，李建军说，你们老总！我立刻挺胸收腹，倒背双手，用深沉的语气说，晚间施工，很辛苦啊你们。两位往北走吧，工人说，遇到教堂朝右拐，就看见“扁担巷”了。我们顺路摸过去，果然不久便看见了“扁担巷”，也就是我家所在的地方。到了家里，喝茶醒酒，都为刚才的表演发笑：老总会在自己的工地上迷路？醉成那样，谁还看不出我们是两个“山寨版”呢。酒醒的时候，已近子夜。我送李建军离开“扁担巷”回家，建议他进门先检讨，以免程丽娟生气。他说，她知道我跟你在一起，没事的。他的话，既让我感受到了友情带来的信任，又让我体会到了友情应负的责任；因为我们面对的，不光是朋友，还有他们的夫人。

我家所在的“扁担巷”，巷子并不像扁担那样细长，而是条块分明、排列整齐的简易房，一色的红砖红瓦两层小楼；由于房后有条小河叫“扁担河”，因故得名。但是现在，那座城市十五岁以下的少年，很少有人知道曾有一条“扁担河”穿城而过了。河岸芦苇被铲除，鹭鸶被驱散，河流被做成暗河，上面盖起了美式风格建筑——“银河购物中心”。据说区政府曾经赴美考察，专门填河造屋，为市区量身订做了一条购物街，并在街西首做了龙女戏珠的雕塑。购物街区建成后，不知何故，商户并不看好，入住率持续低迷。有高人放出话来，说龙女戏珠的雕塑，朝向有风水问题：西北，主的是没落。不久戏珠龙女的胳膊，便被好事者深夜敲断了。就在一些迷信说法流布民间、真伪难辨的时候，北京有几个部委召开了一次联席会议，使“银河购物中心”的命运悄然改变。我们的朋友李建军，不久也就知道了那次会议的精神，因为接到了重要通知。按通知要求，朝阳路上的“海马歌舞厅”必须尽快搬迁，理由是军界、警界和执法部门，要重新吃“皇粮”，不准破墙开店、继续经商了。当然那几年军警和执法部门为什么普遍开店经商，我们的朋友李建军再清楚不过，也是北京的几个部委在几年前召开了一次联席会议，导致了全民经商和他本人的“下海”。如今烧饼又翻过来烙，“海马歌舞厅”房主——新浦区工商局便不再赁房。但是，迁到哪里经营合适？市区被迫搬家的许多歌舞厅业主，像李建军和程丽娟一样四处考察，最终都相中了商户不多、租价不高的“银河购物中心”。门庭冷落的“银河购物中心”，忽如一夜春风来，东风夜放花千树，变成了“银河歌舞娱乐中心”，繁荣起来了。不过，“海马歌舞厅”的霓虹招牌并没有在新址闪烁，而是变身为新潮的“‘莎啦啦’歌舞中心”。我们推测，更名可能是程丽娟拿的主意。

相对而言，“‘莎啦啦’歌舞中心”更加华丽、时尚，意味着我们的朋友投资更大。原来的沙发、茶桌、空调、音响和投影设施，成色差的都淘汰了，甚至成色不差的也淘汰了。因为集群化的扎堆经营，竞争是无情的。但是，预期的规模化效应没有出现，无序竞争倒不期而至：除了性价比，还有硬环境；甚至硬环境也不是决定因素了，只拼软环境。其残酷程度，用李建军的话说，堪称惨烈。我们有时也到“‘莎啦啦’歌舞中心”去，那已经不是叨扰朋友，而是去捧人场。某天晚上，刚刚走上“莎啦啦”所在的二楼，便听见里面人声嘈杂，接着，我们看见飞出来一把椅子。很快，几个掐着胳膊的人从歌厅里踉跄出来。处于弱势的一方松了手，指着另一方说，等着，几个兄弟一会儿过来！另一方抱着膀子说，就算把警察叫来，有用么？服务员神情恐慌，两边劝着，基本无效。就在这时，程丽娟从外面赶来，只看了双方一眼，便笑了。那是我们第一次见识程丽娟婚后的成熟。原来双方她都认识。她叫了一方的名字，问，没事儿吧？又对另一方说，没伤着吧？接着向服务员了解情况。原来，不过是双方在不同包间点了同一首歌《雪绒花》；一方久等未播，出门交涉，察觉是另一方包间在反复播放，占用了碟片，从而引起纠纷。那样的纠纷，具有年代色彩，因为二十多年前，电脑还没引入歌厅，用的是影碟机；点歌也不是“量贩式”，而由音响师手控切换。了解清楚后，程丽娟将双方的手拉到一起，说，你们来，是为了捧我的场，不是砸我的场，是吧？看得起我，拉个手，以后就是朋友了。双方望着程丽娟，迟疑着；但程丽娟温和的眼神中，透出一股不可抗拒的威慑力。很快，一方说“不好意思”；另一方也说“不打不相识”，握手言和，各回包间去了。程丽娟这才腾出工夫接待我们。我们夸赞了她处理事态的稳健。她说，他们，不过是些大男孩。

当然，我们这些朋友，也时常见到李建军和程丽娟神情疲惫的对视，听到夫妻俩不经意间的叹息。后来，我们的朋友李建军果断终止了“‘莎啦啦’歌舞中心”的经营，因为程丽娟已经开始妊娠。新的生命即将诞生，催生了夫妻俩喜悦中的共识：宁可偿付房屋租期未满的违约金，宁可在歌舞厅低价出让无果时拆零变卖设备，也要淡出娱乐业“江湖”。我忙着打理公司，顾不过来歌厅，李建军说，不能让她太累了。

中国东部的沿海城市很多，但那座大港连云的城市，在我的生命中刻痕最深。在那座城市的街区和城郊，为了生存，我曾经骑三轮车卖过大米、挂面和番茄酱，卖过书籍、毛线和内衣。朋友赵金海、戴咏寒、陈武和李建军，都曾经出车出人，并动员亲朋好友帮扶过我。特别是李建军，面对我长达十余年的拮据和困顿，默默地垫付过许多本该由我支付的人事费用。此刻，当我在钱塘江畔写下这几页文字时，虽然隔山阻水，但是对于他们的感恩与谢忱，让我一再泪水盈眶。我所在的高校，许多同事不理解为什么寒暑假一到，我会立即从学院遁形，一天也不多待；直到新学期前一天，才恋恋不舍地从中国东部那座沿海城市返程。原因不是由于那座城市山青海碧、四季分明，而是因为那里有与我前半生心路相伴而行的朋友。张亦辉和我先后调离那里时，朋友相送，曾经哭声号啕，令酒店的员工十分费解和诧异。我与朋友一样，会高兴着他们的顺遂，担忧着他们的挫跌，喜悦着他们的成就，尤其是新生代的降临。看看这些名字，戴雨濛、陈巴乔、李佩泽……他们父母的婚礼，都曾由我主持，相信你能够猜得出来，哪一个孩子，属于是程丽娟和李建军。

李佩泽。程丽娟不仅让我们的朋友李建军中年得子，而且让小家伙成长得十分健硕。你无从想象，在孩子呱呱坠地后，程丽娟一边哺育婴儿，一边参与了那座城市文化系统歌舞院团的改革；孩子走进幼儿园之际，也是我们的朋友李建军家里诞生那座城市歌舞团团长的时候。是的，程丽娟与她的哥哥程海鹰一样，出任了中国东部又一座沿海城市歌舞团声乐团团长，带领歌舞团成员行走在大江南北，在一场场伴随鲜花与掌声的演出中，赢得了团队由衷的敬重，被姐妹们称为“程大爷”。她们有了心结，原意朝“程大爷”诉说；有了快乐，也愿意与“程大爷”分享。在姐妹们心目中，几乎没有什么坎坷，能够让“程大爷”叹息；没有什么阻挠，可以让“程大爷”退缩。只有我们的朋友李建军知道，自己的妻子是怎样强忍着对于儿子李佩泽的思念，风雪不避，雨霜不遮，在演艺市场披荆斩棘，为全团闯出了一片生天。同时，李建军更知道，程丽娟不只属于自己，属于儿子，还同时属于舞台，属于歌声，因为她的灵魂，已经与音乐一体生长。而他自己，商海遨游，文学是岸，也在程丽娟和李佩泽同时需要的时候，关掉了自己所有的公司，回到家里，坐到了电脑桌前，写起了纪实文学。

在中国纪实文学领域，很快，李建军像程丽娟在歌坛那样成为实力派。事实上，以李建军的笔力，做纪实文学，在我看来无异于宰鸡用了牛刀。他受到了国内纪实文学许多知名杂志如《知音》、《莫愁》和《恋爱·婚姻·家庭》的欢迎和追捧。杂志时常给他颁奖，不断让他出国，纷纷开出大额稿酬，目的只有一个，让李建军为他们写稿。我们的朋友发现，做纪实文学的收入常常百倍于“纯文学”，甚至并不逊色于他开公司创造的利润。为此，他求得程丽娟和李佩泽的同意后，经常到全国各地出差，为的是将他敏锐捕捉到的好题材，在第一时间采访到当事人。当然，有时候看见商机来了，曾经商海的李建军不免技痒，时或做一把房产，仅仅为了验证一下自己的商业敏感。他几乎不向我们这些朋友提及被他盘活的房产情况，不接受朋友们对他是“地主”的戏称。没什么，他说，我现在想做的，是把这些年写的纪实文学出本选集，作个了断，再继续写小说。如果能够找个单位“蹲”下来，更好。

生活，时光，命运，有时就像上帝之手画的圆圈。很多朋友们东奔西走，最终好像又回到了原点。张亦辉来自浙江，在中国东部那座沿海城市高校执教十八年，中年时又回到了故乡。我曾经在高校工作过，在社会上行走了二十一年后，年届半百时又重回高校。李建军也有过很好的单位，而且是机关，当年轻轻地一挥手，就揖别了，甚至“没有带走一片云彩”；现在话里话外又流露出再回单位的念头。但是，有多少青春可以重来？有多少时光已经不再？有哪些生活可以重复？有多少梦想能够忘怀？谜底藏在哪里？谁能给出答案？我无端地相信，李建军在出版了他的纪实文学选集之后，还会再写小说。也许我们这些朋友，梦绕魂牵的，只有文学；因为只有文学，再具体一些，只有小说，能够让我们的灵魂得到饲养，心理得到安慰，精神得到提升。如果不写小说，那么，又为什么要经历那些坎坷挫跌？为什么要感受那些疼痛苦涩？为什么要见证那些爱恨情仇？为什么生出那些欢笑泪水？那一切，还有什么意义？李建军，再写小说！

现在，此刻，我就要结束这篇为朋友的夫人所写的“博文”了。也许很少有这么长的“博文”。谁愿意写和读这么长的“博文”，在“微博”已经席卷天下的时代？事实上，我得承认，这几年来，我甚至不知道为什么要写“博文”，怎么写“博文”。只是缘于在“新浪”上发现有个界面叫“博客”，是个很好的平台，或者地盘，可以自己做主，写下想写的文字，让为数不多的几个朋友，有事没事的时候，过来看看我是否还在；并且能够隔三差五地，把自己新近的文章，无论它们是些什么，贴到“博客”上来。只要那么几个朋友关注就好。现在这篇，就像鲁迅先生当年说的那样，是只为几个朋友写的。文章的主角，是朋友的夫人程丽娟；配角，是我们的朋友李建军。如果还有读者愿意读过来，而且读到了这里，我将十分感谢，并且愿意奉献下面的文字作为结尾：

2012 年春节，朋友和我应邀，到李建军家里做客。我们带着一股寒气进了李建军的家；扑面而来的，则是朋友家里温暖的气息。进门之后，看见李佩泽和他的好朋友陈巴乔正玩得火热而又开心。这时候，程丽娟从厨房里走出来，系着碎花围裙，热情地招呼我们到客厅入座。但是我，却被餐厅桌子上的一大盆冷冻食品吸引过去了。那是一盆具有浓郁北方风味的菜品，俗称“辣糊豆”，是用黄豆、花生、猪肉皮和肉丁，佐以辣椒、葱、姜、蒜、花椒、茴香、盐和味精等混煮而成的；冷却后，可以切块食用。由于冬季便于存放，所以苏北鲁南一带，老百姓春节前后都喜欢做了下酒佐餐，十分味美。我问程丽娟，谁做的？我们心目中的歌神，程丽娟，赧然一笑说，我做的；待会儿你们要是吃着可口，我再做一盆，带回去吃！

程丽娟做的“辣糊豆”。程丽娟还会做“辣糊豆”。歌神从天上来到人间，为李建军和儿子春节期间做了一大盆“辣糊豆”。我们这些朋友，一会儿就能够吃到程丽娟亲自做的“辣糊豆”。这就是生活，很实在，很平常，很温馨。宴席开始了，程丽娟眼睛里充满了对丈夫朋友的敬重和对李建军的爱意，与我们说话时，一口一个“俺们家建军”，听得我们都被感染了。而我们的朋友李建军，一张嘴却是“俺们家老程”，听得我们一愣。再细看朋友的夫人，程丽娟，虽然依旧风姿绰约，但确已不再是当年“文化宫剧场”里演唱的那个小姑娘了。

2012 年 11 月 12 日

本夫的预言

大约十年前，我拎着一只不算太大的西瓜，到南京锁金村去拜访赵本夫先生。那时候他主编的大型文学丛刊《钟山》，已经有国内“四大名旦”的美誉，而且正高张“新写实”的大纛，麇集着池莉、方方、刘震云等一批风头正健的作家。本夫先生运筹帷幄，一边打理杂志，一边打造一部长达百万字的鸿篇巨著——《地母》系列。当时第一部《逝水》已被纳入“布老虎”丛书，即将问世；第二部《天地月亮地》尚在写作之中。伏季伏案，挥汗如雨，忽然有朋自远方来，自然不亦乐乎。

本夫先生放下手中的笔，从壁橱里取出茶叶，用一把青花瓷提梁茶壶泡上，一杯杯与我细品慢聊。正是那次促膝交谈，让我深切了解了本夫先生对连云港文坛的估价和期望。他说，一个真正的作家，往往不是由都市孕育的；城市是产生思潮的地方，而大家，却往往诞生于远山远水。连云港历史文化渊源深厚，又是沿海开放城市，得两者之长，只要耐得住寂寞，必定会有优秀的作家作品产生。他又说，法国乡间地主福楼拜，不为巴黎骚动的思潮所动，最终以《情感教育》、《萨朗波》发轫现代小说；福克纳在“只有邮票大的小镇”上，犹如一位杰出的木匠，冷静地做着手中的木工活儿，使全世界都为他“喧哗与骚动”。浮躁于灯红酒绿之间的城市“写手”们，很容易一夜走红，但时间之光也很容易把他们像露水一样蒸发掉……

本夫先生的一席话，发自上个世纪九十年代初，却影响了那座海滨城市的一代青年作家。我从南京回到新浦，向连云港市的朋友们学说了，大家静静地听，又热烈地议论，都很受鼓舞。那年秋天，连云港市文联成立十周年，本夫先生以省作协常务副主席的身份专程赶到祝贺，并留下了一篇《坚守神圣》的文章。文中以“山那边传来的枪声”来比喻经济大潮中连云港市文学阵地还在、队伍未散的现象，成为港城作家们抱团取暖的常用语。

一晃十年过去了。今年前的第七期《小说选刊》上，出现了一篇《车夫车小民的日常生活》的短篇小说。当年又入选中国作协编选年度最佳小说——这是后话。这篇小说的作者陈武，正是连云港人。如果说二十几年来本市的作家经常在全国各大杂志上发表作品算是不断的“枪声”的话，那么，这一次无疑应该算是“炮声”。不仅因为由中国作协主办的《小说选刊》本身即意味着一种尺度和标高，还因为这篇小说显示了一个真正的作家的笔力与情怀。我承认，已经有些日子没有读到能够把生活的残酷与温馨表现得如此深刻的作品了。周维先先生的《平民小说与平民作家》，准确地说出了这篇小说与陈武之间的关系。而在我看来，一个作家，在精神领域他可以是一个“贵族”，但在情感世界里，他却不可以居高临下，君临众生。只有那些心地善良的作家，才会想到把视角放低再放低，深切地体察和表现平民最真实细微的艰辛与来之不易、稍纵即逝的喜悦。也许这才是真正意义上的终极关怀，才是能够经得起时间之水洗淘的作家作品。我欣幸的是陈武写出了这样的作品。

事实上，在我十年以前拎着西瓜往锁金村走的时候，就在期盼着《车夫车小民的日常生活》这样的作品，相信它会在连云港市的作家笔下产生；并且，在陈武手里，还会更多。

2003年3月18日

多年朋友成兄弟

1984 年的夏末或秋初，有个 20 岁的年轻人，提着轻便的行李，从杭州大学启程，登上了开往中国东部一座沿海城市的火车，到那里的一所高校任教。行李轻便，是因为梦想沉重；或者说，年轻人用相伴终生、如影随形的梦想，加重了那座海滨城市在文坛上的分量。因为他的小说创作，文学界对那座中等城市的评价远超中等；《作家》、《小说界》、《北京文学》、《世界文学》等杂志，都知道先锋作家张亦辉就生活、工作在江苏省的连云港市。那样的影响，持续了十几年，直到他调回阔别的故土——自古繁华的浙江省杭州市，进入浙江工商大学执教。

38 岁的张亦辉重游西子湖畔，业已不再年轻；但在 10 年之前，他的辞别依然成为连云港市文坛的失重事件，给人留下了难以磨灭的印象。许多作家和诗人伤心欲绝，有人当场号啕大哭；以至 5 年以后，有人甚至辞官不做，追随张亦辉来到钱塘江边，在浙江工商大学附近安了家，见证了他在精神上巨大的吸引力量。

说起来匪夷所思，28 年前，张亦辉获得的学士学位，是物理学；之后不久，读取的硕士学位是管理学；高级职称定位的学科，是经济学。而他执教的学科与专业，却既非物理学，亦非管理学或经济学，而是文学，是小说，是写作，是人文经典。为什么会是这样？跨度的确令人惊讶，但却昭示出张亦辉人生追求的定力和清晰的方向感。他2005年出版的专著《叙述之道》，透露出答案的些许蛛丝马迹："生命中有过多年的小说创作经历，始终倡导先锋文学的《作家》杂志曾让我体验到写作的成功大约是怎么一回事。"情况差不多就是这样。事实上，张亦辉的社会影响，正是缘于其先锋小说的创作成就。在江苏省，他与毕飞宇、韩东、朱文等作家齐名；在《作家》杂志，他的小说不仅被推为头条，还刊发过"个人小辑"——同期登载中篇小说《布朗运动》、短篇小说《上楼或者下楼》，并配专题评论，从而奠定了他在先锋作家行列的中坚地位。

以小说为梦想，以梦想为天马，既打造了张亦辉在中国东部那座沿海城市的传奇色彩，也铸就了他在这个意义不断被消解的时代中令人费解的价值取向：对金钱和地位的漫不经心甚至无动于衷，对于文学及叙述艺术近乎古怪的激情与挚爱。在我们所处的世界上，拥有类似执拗个性的人，不是没有，不是很多：玛丽·斯可罗多夫斯卡是，豪尔赫·路易斯·博尔赫斯也是。张亦辉显然行走在他们这一脉人当中。"对我而言，文学既是梦想又是宿命，给过我狂喜也给过我绝望。"他说，"但不管怎样，我依然认为文学永远是让拘束纠结的内心完全敞开的最好方式或途径。在这个喧哗与骚动的世界上，我始终觉得只有文学才能让人真正体味到生命的充实和宁静，在这样的宁静里，你方可听见灵魂的声音。"

张亦辉曾经说过，我们的友情不受时空的磨损。的确，多年的朋友成兄弟。因此，当年在为张亦辉饯行的宴会上情不自禁、号啕大哭的李建军，无需为酒泪赧颜；而后来追随张亦辉来到钱塘江畔，并在浙江工商大学附近安家的我，却为自己延宕了五年才辞官不做而羞愧。

2013年1月7日

梅干菜与野花椒

漂泊意识里，常常浸有几许乡愁，几许仗剑远游的洒脱，与流浪的无主状态有大不同。以作小说缘分与我结识的张亦辉，身份却是一所化工高专的教师。大概自他从杭州大学物理系走上社会之日起，漂泊感就像影子一样尾随了他。故乡离我很远，他说，现在寄居的这座城市，同样离我很远。我曾劝慰他，于文学，漂泊的心理是一片有魅力的领域；但于生存，却不是坚强的人格意识。毛泽东离开韶山冲深居中南海，并不感到自己是在漂泊。九州方圆皆为故国，这是何其强健的人格意识。他听毕抑郁地一笑。那之后，他的作品《虚幻旅程》、《模糊的邂逅》、《牛皮带》等等，漂泊感几如秋日雨丝，淋漓其间。而说起生活，其状态几年间一直郁郁。这种情景，当然不能全咎之于漂泊心理，与文学的行世状态也大有关系。或者说他是因漂泊而文学因文学而寡欢？我不能肯定。他矢志于文学。他摆脱不了漂泊心绪。他郁郁不畅于生存。这三者之间，也许并不存在着因果关系的链条。

但忽然一日，说起故乡，他情绪高涨起来。浙江东阳在我心目中，便瞬时充满了魅力。据他描述，那里的语言极为独特。譬如“大眼睛”，在汉语中大概无论如何也要理解为对人神采的赞美的。

但在东阳，说一个人“大眼睛”，再配以一种非东阳人难有的语调，就居然成了对那人的恶毒咒骂，真是匪夷所思。在他的娓娓叙述里，我终于得以窥见一种植物，或者说能够将张亦辉的乡恋具体化的蔬菜，那就是梅干菜。

梅干菜，准确地说应该叫霉干菜。李国文先生的文章曾经提到过，将这种菜肴比喻为小小说，极言小小说形式的不够丰美鲜活，曾引起同好的击节赞叹。这种菜的形状、色泽，有类于北方的雪里蕻，却又考究于烹制，收割、洗净、腌制、风干、捆扎，封存于密不透风之处。开封时，其色发霉转黑，这便是“霉干”的来历了。其所以又称为“梅干”，是否因为霉变发生于梅雨季节？不得而知。做成的梅干菜，散发着一种浓郁的发酵或腌渍气味，吃时配以肥肉一片，文火慢蒸，次数越多，其味愈醇。这种浓郁醇厚的香味在浙江东阳上空弥漫了数千年，以至于深入黎民血脉骨髓，令游子们无论远足天涯海角，一提起梅干菜，便无可挽回地栽进乡愁的深渊。这梅干菜虽不如鲁迅先生之乌篷船、茴香豆那样，已经由大俗而大雅，进入了中国文学的殿堂，但先生在《风波》中所说的，“女人端出乌黑的蒸干菜和松花黄的米饭，热蓬蓬冒烟”，其中的“蒸干菜”莫非指的就是梅干菜？我难以断定。不过，梅干菜在浙江东阳人生活和心目中的地位，恐怕不是满汉全席能够替换得了的。

由听说到读文再到品尝，我竟因了与张亦辉的友谊，被馈赠了一饭盒烹调好的梅干菜。方一入口，我莫名惊诧——原来这梅干菜，与我的老家郯城的黑咸菜色形味完全一样！［收录此文入书，我得补正一下，破折号之后、感叹号之前这句话，并未接近真相。2007年我移居杭州后，在中国计量学院的食堂里经常可以吃到梅干菜蒸肉。我承认，那色形味与老家郯城的黑咸菜，距离天南地北。梅干菜蒸肉，馥香醇厚微甜，风味确实独特。当年我之所以那样说，原因可能有二：一是我的鉴别力欠火候；二是获赠的那一饭盒梅干菜烹调欠火候。亦辉兄看罢文章哑然失笑，认为原因之一是基本事实，原因之二是我想象的产物，同时认为那一饭盒梅干菜系明珠投暗。]而鲁南的黑咸菜，由于过于普通，从不见诸经传，也没有名人将它写进回忆录中，弄得在当地人人皆知反而不为世人所知。也许豪迈的山东人习惯于包举宇内、并吞八荒，而不屑于注意宣传那些瓦碟芥粒？总之在我的记忆里，老家的乡亲是舍不得将上好的肥肉放进黑咸菜中，再装盒蒸煮的。菜刀切几下，直可下饭，不过是放几片辣椒，炒炒，就是上好的佐餐佳肴了。

哦，我的神秘之雾消散了的梅干菜！哦，我的老家郯城的黑咸菜！土地，植物，人，就是这样在东方广袤的大地上，盘根错节，血脉相连！

我并不因为梅干菜与黑咸菜的类似，就更喜欢了后者。我怕我的数典忘祖遭到父辈的申斥，时常隐匿了对于黑咸菜的厌食。相对来说，我更喜欢老家郯城的晒酱。我时常想起父辈的故土，不能不说与这种土制的调味品有关。晒酱是农家自酿的一种酱，用的全是真正上好的粮食煎饼，或小麦，或高粱；最不济，也是荞麦、玉米之类。先使其霉变，发酵，而后配以食盐、熟水等，置于阳光下曝晒。关于晒酱，老家还有一个传说，我难以完整复述，大致是说有个美丽、聪明、贤惠、勤劳的村妇，被皇室相中，要强征入宫。她说自己很忙，去不了。问："忙什么？"答："看天相观星斗点将封神，搂金梁抱玉柱脚蹬明珠。"选妃宦官大惑。村女解释说："夜里躺在床上，透过屋顶漏洞，可以看见天上的星星；注意天气变化，是怕阴雨淋坏了院里石磨上盆里的晒酱，也为了定时给晒酱放盐，这叫点酱。金梁是我的大儿子，玉柱是我的小儿子，晚上都要我搂着，才睡得着。"宦官若有所悟，但还有一点不甚了然："脚蹬明珠，哪来的明珠？"村女道："丈夫秃顶，赶他到床的另一头睡；我伸脚时，常蹬着他的头。"最后这位村妇是否被征入皇室不得而知，但她面对贫困的幽默、乐观甚至浪漫，给人留下的印象是深刻的。鲁南村妇们看重晒酱，精心料理。经过七七四十九天，晒酱饱吸日光月华，便开始发出浓郁的馥香来。当然这种香气的另一个重要来源，想必缘于一种配料，那就是花椒。

花椒，木本香料。国货还是舶来品，一概不详。但是，每年秋天，白云大团大团在天上飘动时，花椒便成熟了。那种略略有点刺鼻的怪诞的馨香，时时若有若无地弥漫在空气里，沁人心脾。由于这种植物的种子、叶子的特殊作用，晒酱做成的日子里，那种香气四溢的情形，真非语言所能尽述。这花椒在晒酱里的重要性，直如晒酱在鲁南人生活中的重要性一样，是无可替代、不能或缺的。

花椒之重要，又岂止于郯城的晒酱！它在川菜中的地位，与辣椒可谓“南山与秋色，气势两相高”。正是花椒将川菜中麻辣的“麻”字占尽风流，使食客在大汗淋漓中意犹未尽，兀自大喊“要得”！我的喜欢花椒，虽然始自鲁南传统的土制晒酱，但其实，我半生在郯城居住的时间，加起来也不过一年。并且这一年之中，由于年纪小，我竟记不得谁家生长着花椒树，以及那树是什么样子；记忆里满眼是土坯草房、荒草萋萋。那时候父母带我们回归故里，在我们心目中却像浪迹于生疏的巷陌。所以，当我“行行向不惑”的年纪爬上额头时，蓦然见到漫山遍野的花椒树，欣喜的心情，顿时溢于言表。

这花椒树，便生长在连云港市花果山麓，我新结识的朋友赵士祥家的门前。来自飞泉村的赵士祥，以诗的方式行走于人们的观念和视野中，已经有不少年头。但是，在文学令人欲说还休的不景气的年头，不要说靠诗养家糊口，就是自娱有时也步履维艰。难得他还痴心不改，依然以负荷沉重的心态，写出些生存况味和烟火气息浓郁的诗来。与来自浙江东阳的张亦辉不同，赵士祥人生跋涉的姿势是背对故乡的；或者说，他大半生都是渴望漂泊，渴望远行。但是，他不能够：一双幼小的孩子，淳朴如槐花的妻子，三间石砖砌成的瓦房，像人生的铁锚一样，深深地将他停泊在农村的港湾。无论怎样梦想漂泊，他实际上很难迈出那山风浩荡、飞泉溅珠的家乡。他从不怀念故乡，因为他的身心就浸润在故乡的水土里。

赵士祥的家，三间房屋正好诠释了一条成语：开门见山。是在一个秋阳高照的日子，我与同事应邀造访了他那坐北朝南的屋宇，有着勤快、贤惠的女主人的家。正是在品尝着主妇煮红薯与新花生时，混在花生中的花椒颗粒散发的特有的馨香，唤回了我有关郯城老家的晒酱的记忆。在我提议下，大家请赵士祥的小女儿做向导，心情怡然地漫步登上了门前的山坡，去寻访据女主人说是像山草一样不值钱的花椒树去了。

果然，山上花椒树遍野，与杂草为伍、灌木为伴，在秋风里摇曳，提示着自身尚未登堂入室的贫寒——原来都是野生的花椒。因了孩子的指点与同行者的帮助，我采集了将近一斤花椒。赵士祥的小女儿跳跳跃跃，在杂树荒草中隐现。眼见她在山崖间如履平川、娇憨无邪的神采，同行者都不约而同地想起了快乐的麋鹿。带着野花椒的果实下山时，我又想起了浙江东阳的梅干菜。

是的，张亦辉与赵士祥的行状，的确在启示着，东方黄色人种的生存与迁徙，视点始终是落在土地上。故土就是这样，当你与它拉开距离，它就潜入你的睡梦；当你走进它的怀抱，远方的地平线又开始向你招手。我的这两位朋友，在故土授予他们的血脉精神里，找不到吉卜赛人天然的流浪灵魂。西亚、北非、欧洲、美洲，哪里没有吉卜赛人的浪迹？甚至连游牧民族、地中海沿岸国家的渔民，他们的视野也都始终朝向海阔天空。这也许就是游牧民族、城邦国家的人民与华夏后裔的区别？我不能武断。但是，我的朋友，张亦辉与赵士祥，倒的确是以故土为中分的基点，在我的视野里擦肩而过了。他们由相向而相背，还要在以故土为轴心的时空里走多远？

我更难预料。2002年，张亦辉结束了在江苏连云港的漂泊，调回故乡浙江。现执教于浙江工商大学人文学院。我只能在他们距离愈来愈远所留下的中间地带，为梅干菜，为野花椒，写下这些秋雨般绵绵的文字，为罹串漂泊和渴望漂泊而不得的友人。

2005年6月20日

在深夜行走

近五年来，我时常想念朋友；但是新近，有时也会想起朋友的夫人。想念朋友很正常，而想起朋友的夫人，说起来和听起来，都有一点怪怪的，似乎不那么理直气壮。但我依然会想起她们。因为，她们和我朋友之间的关系，重要到无以复加，特殊到无与伦比。在连用了这样两个成语之后，我希望能够被理解，由朋友而想起朋友的夫人，是一件顺理成章的事情。

最先想起的，是谷毅的夫人张慧秋。我试图用自己的文章，表达出内心的敬意。

谷毅在朋友圈里最年长，张慧秋便被我和朋友们称为嫂子，并赞为“港城第一嫂”。听到喊“嫂子”时，张慧秋会以亲切的微笑与甜美的声音回应；但当“港城第一嫂”的赞誉响起时，她便会严肃、认真地加以纠正：“千万不要这么说！当不起啊。”仿佛我和朋友是某个组织，授予了她无法接受的荣誉称号。

在衔接两个世纪的二十多年里，我和朋友们差不多每年春节都会受到邀请，到谷毅家里做客。其时张慧秋脚步轻盈，在厨房与客厅间飘来飘去；谷毅则沉稳地坐在藤椅上——近来条件改善，坐在沙发上——与我和朋友谈天说地。谈得最多的，还是文艺作品。和谷毅聊天，你有时会生出力量，短暂地抗拒一下嫂子摆在客厅餐桌上色香型味俱佳的菜肴；但很快，也就鱼贯入席，推杯换盏，喝得高潮迭起。当大家驭酒乘风、腾云驾雾之后，辛辛苦苦的嫂子什么时候收拾了餐桌上的残羹剩菜，我们确实很少在意；待到酒醒落地，眼前已经适时出现了时令水果。哎，什么叫幸福？那些年里，幸福就是朋友们春节在谷毅家觥筹交错，嗓门大得“屋笆（即天花板）都要顶穿了”；幸福就是谷毅快乐着我们的快乐，在大家声震林梢、响遏行云时，与妻子张慧秋不时交换着的欣慰的眼神。

当然我们并不完全知道，就在大家“把酒论英雄”时，谷毅夫妇先后都出现了职业困境。他们家的日子，已经十分拮据，张慧秋却依然把我们每年春节的聚会，安排得丰盛而又温馨。我们没心没肺，如约前往，有时甚至从中午喝到晚上，晚上喝到夜里，并且在酒精缓释的余威里，把扑克摔得噼啪作响。夜深了，我们的嫂子，张慧秋，陪丈夫的朋友们坐着，不时换杯添茶，眉宇间写满了关爱，让我们深深体会到了什么叫做“长嫂比母”。

子夜之后，我们告别主人，走在冷清的街道上，想起上个世纪八十年代初，张慧秋秀外慧中，因为演话剧，与谷毅相识、相恋、下嫁，做了我和朋友们的嫂子。那时候的谷毅，锅炉厂五级焊工，英俊多才，兼话剧编、导、演于一身，又擅长电影创作，被称为那座沿海城市“剧坛三剑客”之一（另外两位是李海涛与郝立富）。我们一路走着，一路猜想，张慧秋当初对谷毅的爱恋，应当有仰慕的成分。这么想着的时候，我们在寒风中，开始仰望冬夜的星辰；星光稀疏，让大家心里渐渐生出了另外的想法，那就是，每年春节，我们还能够在谷毅家豪饮、畅谈，通宵达旦，以至不知东方既白，或许已经滥用了张慧秋对谷毅当初的仰慕；也许真正应当被仰慕的，恰恰是张慧秋。因为正是她，与谷毅相濡以沫，同时给了我们这些患上文艺重病的朋友们一如既往的呵护，使我们在寒冷的拜金时代，还能够因为文学和友情的机缘，在星空下，深夜行走。

2012 年 5 月 21 日

想起了“郁州书屋”

2010年10月7日，夜里看了秘鲁作家略萨获得今年诺贝尔文学奖的消息，心里一时百味杂陈。此翁获奖，不像奈保尔、伊姆雷、库切、帕慕克、莱辛、缪勒和克莱齐奥那样，国内译著少，且基本上没对中国当代文学构成什么影响，即使赫然榜上，人们的心态也是“花开花落两由之”；略萨获奖，我相信中国许多50岁以上的作家，会感慨系之，生出“被青春撞了一下腰”的感觉。我这种感触犹甚，同时想起了23年前连云港市海昌南路的一家小书店，叫做“郁州书屋”。

那家书屋，坐落在市文联办公的三楼；因为开书店，正是当时文联领导层的决策。书店延请的老板姓郝，名立富，与那座城市另外两位青年剧作家——李海涛、谷毅，当时并称“剧坛三剑客”。做书屋老板之前，郝立富做过国企工人，开过烧鸡店，与人合作过电影剧本《东方大港》，为人厚实，看人时眼神深邃温暖；而他进书的眼光，用连云港方言来形容，非常“独怪”，我谓“与文学发展的前沿接通了脉搏”。

1987年的“郁州书屋”，成了文学梦想燃烧的青年感知世界文学的“窗口”，成了连云港市文学现象与思潮的“策源地”，这主要得力于当时的文联主席、剧作家周维先对文学青年的爱护和助推。在我的印象里，小说家董淑石、刘放、郝炜、张亦辉、陈武、李建军、李绿涛、王成章、王川、徐习军、苏常强、王继平、赵匡民及诗人孔灏、刘磊、赵士祥、李淑云、钱振昌、周庆荣等人，与《连云港文学》编辑部的张文宝、纪君、刘晶林、谷毅和我，时常在书屋里恣意畅谈，流连忘返。

正是在那时的“郁州书屋”里，我买到了略萨的《绿房子》。当然，知道略萨并初读此翁的作品，并不始自这部译著，而是21岁我在北师大读大学三年级的时候。当时，始自上个世纪60年代初拉美“爆炸文学”的冲击波，刚刚在中国大陆生出震荡；衍射力度虽经我们的“十年文革”抵消不少，其“震感”依然令人眼冒金星。我在1981年版的“WW丛书”中，第一次读到了略萨的成名作《城市与狗》；在马尔克斯《百年孤独》的“魔幻现实主义”之外，知道了略萨的“结构现实主义”。

略萨的“结构现实主义”作为一种方法或思潮，对于中国文坛的影响，虽然逊色于马尔克斯“魔幻现实主义”（中国文坛如莫言的《红高粱家族》、连云港文坛如王继平的《昙花镇》），但也并非波澜不惊。当时军旅作家朱苏进尚在福建军区，即写出了一部令文坛啧啧称奇的中篇小说《欲飞》。一般读者无法理解，这部以对越自卫还击战为题材的小说，为什么将许多非文学类的文体，诸如命令、通知、电报乃至新闻消息，原封不动地搬入小说，使整部作品变得像一个“大内参”；为什么小说的时空剪接得跳跃腾挪，犹如万花筒般令人透不过气来。但是读过《绿房子》和《潘达雷昂上尉与劳军女郎》的读者都知道，那实在是智慧型的朱苏进被略萨的“结构现实主义”濡染深甚的产物。对于略萨之于朱苏进、结构现实主义之于中国当代作家在方法与精神上的互动，我曾写过一篇《结构现实主义琐谈》，发表在1996年《连云港文学》第6期上。与我在一起做编辑的张文宝，告诉我说曾打算写一部17万字左右的家族小说，看了略萨的作品，觉得用“结构现实主义”写法，只要3万字就可以“杀青”了。

略萨引起的话题，现在只能算是“重温”。据悉出版界已经与智利洽谈版权，开始策划略萨著作出版的“重头戏”。只是现在的中国文坛，已经不像上个世纪80年代那样易被感染；中国作家面对世界文学的现象与思潮，也大多理性起来，观火者多于踏浪者。但无论如何，南美作家里有四个人——墨西哥的鲁尔福、哥伦比亚的马尔克斯、阿根廷的博尔赫斯和秘鲁的略萨，谁获得诺贝尔文学奖，我都不会奇怪。他们有的已经获奖，有的也许只是时间问题，有的则因为去世前未能获奖，而将瑞典文学院钉牢在“看走眼”的尴尬里。而略萨获奖令我感慨的在于，一个作家，哪怕与你远隔万里，小说诞生在数十年之前，只要是伟大的作品，便注定会穿越时空，影响到世界某个角落里的小书店，和一些怀抱文学梦想的人。

2010年10月16日

那年那月那些人

2013年8月，我的工龄已满30年。在大学课堂上，我曾经问学生，谁知道“文联”？绝大多数学生面面相觑。我告诉他们，文联，是“文学艺术界联合会”的简称；我在那里，工作过12年，结识了一位有个性、有成就的历史小说家，叫马昭。

从北师大调入江苏省连云港市文联，对于我来说，有一定偶然性；但调进文联后结识马昭，就是必然的了。1985年的冬季过去时，我试图把妻子调入北京的事情，依然没有任何进展。燕山东方红炼油厂表示，可以帮助我们解决两地分居问题，条件是我必须留在他们的东风中学，再教两年书。这个要求现在看起来，不仅合情合理，而且非常“实惠”，但当时，我没有答应。原因是，那时连云港市已经被国务院宣布为首批沿海开放城市，正向全国招聘人才，我心里萌生了离开北京的想法。我用备课纸写了三封毛遂自荐信，寄给了连云港市广播电视局、报社和文联。

春节前后，我分别到三家单位作了拜访。报社的副总编张学贤接待了我，认为我条件很好，只是解决家属调动和工作安排问题，报社有难度。广电局的人秘科长戴启群接待了我，同样认为我条件很好，答应提交党组研究。市文联刚主持工作的党组书记周维先接待了我，对我表示欢迎，认为我提的条件可以满足。他的艺术家气质和儒雅的风度，给我留下了深刻印象。回到北师大，我没有得到广电局任何消息，等来了文联的商调函。我与长兄李海涛商量。他说，尽管离开北京是十分可惜的；但如果执意要离开，周维先在连云港市，是能够鉴知和重用我的人。这样，我也就没有什么犹豫。办好一系列手续，吃罢教研室在“全聚德”的送行宴，在1986年的暑假，我辞别京师，到连云港市文联报了到。

市文联派人到车站接我。北师大的青年教师托运过来的行李，只有六大纸箱书籍。亲戚朋友听说我调到了市文联，纷纷表示惋惜，说应该进市委大院。我一笑置之。怀揣文学梦想的我，遇到了周维先这样优秀的编剧和知音，哪里还考虑什么“大院”。当时文联正在酝酿换届，召开第三次文代会，一时无暇彻底解决我的住房，让我临时住进了“第一池”附近一所四合院的东耳房里。后来才知道，那座古香古色的院落，原来是海州军阀白宝山的公馆；白宝山的孙子，便是北京大学古典文学教授白化文先生。妻子当时尚未调进市区，有时带着她姐姐家的外甥来看我，在“白公馆”也住过几天。夏天，那间屋子里潮湿得很，没有窗户，却有很多蚊子。后来，文联兑现承诺，将我的妻子调入了市区。

文代会召开后，周维先当选为第三届文联主席，任命我做《连云港文学》编辑部负责人。新一届文联扶持作者，开拓事业，令人感觉“潮平两岸阔，风正一帆悬”。继我不久，军旅诗人刘晶林、画家周明亮、书法家张耀山等一批年轻人，也调进了文联。青年剧作家李海涛当选为文联常委。与他并称“剧坛三剑客”的谷毅、郝立富，也被文联领导很快纳入麾下。谷毅和郝立富颇有才气。但限于体制，他们很难直接调进文联，领导就想了变通的办法。谷毅的文学功底和鉴赏力俱佳，被从黄海机械厂借调到《连云港文学》编辑部；郝立富有电影剧作成绩和从商的经验，被安排在文联筹办的书店“郁州书屋”里做了经理。郝经理旗下的“郁州书屋”，进书有品位、有看点，接通了全国书市脉搏，一时领市区书店风气之先。我们编辑部的张文宝和纪君，也都是颇有才情的年轻作家。这样，市文联青年才俊济济一堂，呈现出先所未有的新气象。

当时的文联，除了年轻一代人阵容可观，还有老一代文艺家作为中坚力量。周维先本人，是全国有影响的电影编剧，已经有上百部集影视剧、话剧和歌舞剧发表、拍摄和上演，后来得过“金鸡奖”和“飞天奖”。同时，还有建国后培养起来的工人作家刘国华、民间文艺家姜威以及写历史小说见长的作家马昭。

马昭的长篇小说《醉卧长安》和《草堂春秋》，在当时的历史小说界已经有了一席之地。因为姚雪垠先生写农民义军题材，受当时的阶级斗争氛围影响，成了不争的主流；凌力以《少年天子》涉足帝王将相，也已经有了定评。而马昭写历史上士大夫和知识分子的命运悲剧，别开生面，令我十分看重。我调入不久，市文联专门为这位中年作家召开了作品研讨会。会上，我应邀作了“马昭历史小说思辨序列”的发言，与会者予了很高评价。周维先很高兴地肯定了我发言的辩证色彩：长处和短处都说，甚至是先说短处后说长处。马昭则认为我的发言“技压群芳”，自那以后，和我成了无话不谈的朋友，常邀我到他家里喝酒。

作为东北汉子，马昭的酒量大得惊人，家里的酒杯都是小瓷缸，容得下二两以上白酒。酒肴更是随意，经常是刀切白菜，放上调料，便成了爽口的东北凉拌。每逢我去，他的夫人总要做酸菜氽白肉佐酒，让吃着市政府食堂的我，感觉不仅开胃，而且解馋。

马昭后来又调回了吉林，不久以出版了新的长篇小说《浪荡子》、《真男子》和传记作品《李白传》与《杜甫传》。后来听说，他离了婚，将全部家产给了原配和三个女儿。后来又听说，他再次结婚，第二任妻子比他小二十几岁。再后来，听说他又离了婚，又是净身出户，将房子家产全部留给第二任妻子。我知道马昭的性格。两次净身出户，符合他那大气、刚烈的性格。但最后听说的消息，却急转直下：他去世了，死在自己租住的一间小房子里。据说被发现时，离他去世的时间，至少一周以上了。

我为马昭离世的方式扼腕，叹息。

2007 年 7 月 7 日

炉 火

1988 年冬天，我被邀请到故乡赣榆县，去见一群文学爱好者，做辅导讲座。出了县城汽车站，踏着积雪，油然生出的感觉是，自己像一个播火者，是负着使命的。

县文联的主席龙水，人称“苏北第一支笔”，印象里是《赣榆报》总编，文联主席是兼职。该报副刊部主任周裕本，写乡土小说和散文，负责县作协的工作。他们在报社的一间会议室里，生着炉子，在上面坐了一只茶壶，嘟嘟地喷热气。文学爱好者们围炉而坐，用炉火取暖的同时，也在用文学取暖。

我到了，棉鞋里浸泡着雪水；但受到的欢迎，让我对脚趾的疼痛已经不那么敏感。大家在雪天，像盼望炭火那样，期待着我带去的声音。那时候的我，二十八九岁，对文学很执着，看人的眼神都不大一样，热情，纯真，富于幻想；胸腔里终日澎湃的，不是血液，而是文学思潮；呼吸的仿佛也不是空气，而是当代作家作品的气息。

落座以后，龙水作为主持人，说自己虽然号称“苏北第一支笔”，也不过是当年新华社一位老领导的“谬夸”；真正懂文学、有学问的，还是眼前这位年轻人，来自市文联的作家、编辑——说了我的名字，并夸了我一通，使我的虚荣心得到极大满足。在被赞美的氛围里，如今我已经很难记起当时说了些什么，大致很高蹈，有关“民族心理岩层”什么的，赚取了大家的阵阵掌声。而后，就到了现在所谓“互动”的环节。

龙水说，专家就在跟前，有什么想法，赶紧汇报。

大家你望望我，我看看你，露出害羞而又淳朴的笑容，每个人都想缩到别人背后去，让龙水很不高兴。他大喝一声：列宁，你先说！

被叫做“列宁”的，姓王，因为年龄原因谢了顶，在县保险公司工作。他站起来，说自己爱好文学多年，无怨无悔地发了几百篇稿子（有人插话，发了那么多，还什么“无怨无悔”？回答说到邮局发出去了，但一篇没登）；如今，在龙水总编的关心爱护（那时候还没有“关爱”的说法）和周裕本老师的指导帮助下，终于看见了曙光，已经有几篇“豆腐块”，发表在县报的副刊上。

龙水对“列宁”的发言十分满意，追问道，现在你老婆还敢说你不务正业吗？

老王赶紧回答，作品“见报”以后，她再也不敢了；听说他要参加市专家的文学讲座，昨天还专门给他买了“这个”。

大家立刻注意到，他的脖子上围了一条新围巾。

开了头，“汇报”的便多起来。一位脸膛红红的高个儿说，自己是农民，由于喜欢写诗，家里贴补油盐酱醋的零用，都被他订了诗歌杂志，没白天没黑夜地看，也没外出打工，家里屋也漏雨，老婆天天和他吵架……他目光炯炯地表示，爱上了诗，他和老婆已经没有了“共同语言”。

他的话让当时的我感到了两难。让他不要写诗，文学的队伍在萎缩，办讲座的意义也就没了；鼓励他继续写，贫困已经危及了人家的家庭稳定乃至生存。

龙水说，考验，这就是考验！

又有一位文学爱好者站起来，也是农民，说自己开始写的长篇小说，已经有 50 万字，光稿纸就用了两麻袋。现在家里已经没有稿纸，所以年前他卖了一头猪，打算再买几十本稿纸；因为再写 20 万字左右，就可以“杀青”了。

我问，你写长篇之前，写过中短篇吗？他微笑着，以问作答，难道写长篇之前一定要写中短篇吗？用现在的话说，我一下子“囧”住了，说，写小说，最好由短到长……我看得出他的目光狐疑，只好收住话题，说，什么时候我们能读到你的结稿？

落谷以前吧，他说，再不写完，地都撂荒了。

说不尽的关于文学的话题，和着冬天的炉火，烤得大家脸儿通红。

2010 年 12 月 12 日

春天的故事

我的朋友杨春生接到主管部门批准他出国公干的通知时，1992年的春节还没有到。单位领导说，也好，小两口亲亲热热过个年，省得出国以后想家。杨春生当即豁达地表示，老夫老妻，还在乎这十天半个月？

领导说，年轻人，嘴硬。这一走，可就是两年！

杨春生这才意识到问题的严重性。回到家，莫名地觉着女人漂亮，孩子可爱，也就话稠起来。晚上孩子睡了，杨春生便靠近女人，要这样那样。女人一天辛苦，梗着脖子不肯转过来。杨春生说，我可是就要出国的人了。女人说，知道了，知道了，那不是春节以后的事么？杨春生便搬出领导的话来。别嘴硬啦，我这一走，可就是两年！女人说，三年又怎么样？真是烦死了。但还是转过身来，不情愿的样子。这是他后来向我们描述的情景。我们听了，都会心地笑起来。我们的笑声很善意，也很温暖。

过了春节，同事、朋友、亲戚没有不知道杨春生要出国的，都来探视、话别。家里、单位，杨春生总是兴致勃勃地讲。去哪个国家？肯尼亚！那里有个吃人的皇帝，叫什么来着？卡扎菲！男女老少，什么人都吃，骨头都不吐！杨春生笑了。不是一个地方，他说。

但回到家里，他也将卡扎菲移到肯尼亚，说给女人听。女人撇撇嘴。晚上，却意外地对杨春生温存起来。嗳，你说，没事儿吧？什么有事儿没事儿的？卡扎菲呀。噢，一般没事儿。杨春生在壁灯下眨巴着眼睛。可是也不一定，他说。女人一听，愈发将杨春生搂得紧紧。我们听了杨春生的讲述，都觉得，他其实很幸福，因为卡扎菲。

通知又下了一道，订做服装，办理护照。杨春生行动起来。我们见他行色匆匆，人也瘦了，纷纷劝他劳逸结合。时间不等人，杨春生说，三月底必须起飞。

这时候春意已经很浓了，桃花流水鳜鱼肥。杨春生将春天与女人、与家乡联系起来，想了很多。单位领导找杨春生谈话时，他还沉浸在诗情画意中，没转过弯来。你去趟安全局，听听出国纪律和国家安全方面的常识。领导说，在家无所谓，出去你就代表中国。杨春生立刻觉得自己庄重起来。想起刚才自己还吟风弄月，简直可笑。

出国日期定在 4 月 6 日。杨春生真正觉得与女人、孩子难舍难分了。他在朋友建议下，搞了盒空白录像带，与女人、孩子在风景区录了大半盒。杨春生特地留下一部分，用自拍功能，深夜与妻子情意绵绵，录了不少镜头，个别的还很大胆。那天晚上，夫妻俩结婚八年来，第一次双双落了泪。我们听了杨春生的讲述，觉得多情自古伤离别，都很感喟。

清明节前夕，杨春生接到紧急通知，出国日期变更，时间另定。杨春生有些怅然。单位工作已经交清了，上班也没事，呆在家里更不合适。杨春生忽然感到自己悬浮起来，进入了一种不真实、不确定状态。

我们见了他，总是吃惊地问，怎么，还没出国？杨春生便耐心地解释为什么还没有出国。问的人很多。亲朋故旧话过别的，见了面就问。就解释。杨春生最终失去了耐性，索性不上班，不访友，闭门不出。反正他是等候出国通知的人。就这样，杨春生从我们大家视野中间消失了。

日子对于他来说，过得极为煎熬，度日如年。但他心理以外的时光，却快如穿梭。转眼就到了第二年春天。出国通知始终未下，通报情况的文件倒是隔三差五就来一份，通报两国间关于此次出国进程的洽谈进程，要“杨春生同志随时做好准备”。杨春生已经没有了兴趣。看看季节，又是一年芳草绿，依旧十里杏花红。他叹了口气，在女人建议下，决定出门走走。

刚一出门便碰见了我们中间的一位。朋友惊喜地扑过去，握紧他的手说，嗬，家伙，回国了，也不吱一声！又上下打量杨春生。到底是出过国的人，养得这么白净！

杨春生脸上的表情，看不出是哭还是笑。他支吾几声，返身回家，将出国服装、证件、材料，捆扎起来，准备一股脑儿给单位送去，辞去这份坑人的出国美差。打点完毕，他又发现了那盒录像带。塞进机子里，图像立刻清晰地从屏幕上现出来。那时候的杨春生，踌躇满志，容光焕发……看到与妻子缱绻动情的镜头，杨春生再也看不下去，抽出带子，猛地朝壁橱里摔去！春天，他想，这种季节真让人莫名其妙。不是因为它发生了什么事，而是因为该发生的总也没有发生。

杨春生是诗人，在连云港市建工局工作。关于他上面的“出国”故事，朋友圈里的人都了解。十九年前，也就是1994年，那座城市《大陆桥导报》3月24日的三版，发表了一篇题为《春天的故事》的纪实小说，即出自我手。杨春生看了，对我说：“你们写小说的，真能编啊。”接着他又说，“不过，我给折腾得够呛，基本上也就是那么回事。”

多年以后，他终于被派遣出国，到了非洲。在国外，他写了不少诗，回国后出版了诗集《异域诗踪》，专门送了我一本。我读了，觉得非洲大漠将他一如既往的强悍诗风，磨砺得更苍劲了。我调入杭州后丢过一次手机，杨春生的号码不幸遗失。2012 年寒假，我回到连云港，意外听说他患了癌症，到外地接受治疗去了；想见一面的愿望，竟没能实现。

在这篇文章即将收尾时，我通过 QQ 群，让朋友成刚找《苍梧晚报》副总编王川告打听，杨春生现在怎么样了。王川说，还在治疗维持中。我松了一口气。但愿非洲大漠磨砺的，不仅是他强悍的诗风，还有他的身体和意志。愿他早日康复。

2013 年 3 月 15 日

带刀斧的女人

海州府大酒店副总经理张夷，写得一手好散文，1995年秋天邀请我和化工高专的徐习军到他那里小聚。那时候徐习军的微型小说在海内已经很有名气，还兼做着宝石的生意。谈话间，客厅里进了一个带孩子的女子，很腼腆的，先对徐习军点头，后对张副总经理说，你有钱吗？借我五块。张夷什么都没有说，掏出钱给了她。我说张总，你对媳妇勒得这么紧？张夷说，谁的媳妇？你问徐习军！这时候徐习军正襟危坐，说，她不是张总的媳妇。她是我们学校的外语教师，兼英、日两门外语课。

我很诧异。徐习军说，你有什么不理解的？你不认识她，应该感到幸福，她是已故S院士的外甥女。我更诧异了，说，能认识这样的名门后裔，外语专家，那才叫幸福呐。徐习军说，你犯了一个错误，这个错误叫做站着说话不害腰疼。

然后徐习军解疑释惑，说，S院士的这个外甥女，“文革”期间受乃父影响，下嫁给本市汽车公司的一个司机。应该说，那种结合的“革命化”色彩，使她过了一个阶段的平静生活。婚后很快生育，是个女孩。孩子稍长，国家就进入了新时期。作为优秀的外语人才，她很快担任了化工高专外语系的教师。但是汽车司机对她没能生育男孩心有不甘，穷追不舍，她不堪其苦……最终导致离异。

我说，这跟张副总经理有什么关系吗？徐习军说，她的离异，最深层的原因是观念不合，相互之间无法对话。张夷适时插话说，就是说，根本不在一个档次上。徐习军看了张副总经理一眼，继续说，孩子判给了女方，她只好一个人带着，上课。那以后到现在，你看到了，就是她到处借钱。我说，这就是你们学校的不是了：兼着两门外语课，还不能养活母女俩？张夷接话说，他们学校工资并不低；她的钱，都寄到美国去了。我说，你又是怎么知道的？

张夷说，这也是她最近告诉我的。她进了大学后，带孩子上课的情形引起了一位年轻同事的注意。由注意而同情，由同情而爱情，最后结合在一起，又生了个女孩。几年前丈夫留学美国，消费高，她只好节衣缩食，往美国寄钱。徐习军大有深意地说，你只要想一想，在中国挣钱，到美国去花……我说，这还用你说？ 1992 年我到深圳，带了全家四年的积蓄 1100 块钱，看着特区的繁华，感到自己是什么？至多不过是鸡屎里的一粒沙子！但是，这又能说明什么？就因为自己的丈夫在美国，一个大学老师，就可以三块五块地向人家借钱？

徐习军说，问题是她寄了五六年的钱，这两年却很少收到回信或者电话。我有点紧张，问，出事了？徐习军说，人倒安全；学校侧面接到的消息是，她的丈夫在美国和一个亚裔美籍女人同居了。我说，这消息自然她是不知道的了？张夷说，开始没人敢告诉她；后来她知道了，就把自己关在屋子里，足足有一个星期。出来后，就开始向人借钱。只要有一面之交，就三块五块地借。然后张副总经理转向徐习军，问，她这到底是要干什么呢？徐习军说，你问我，我问谁？

1995 年秋天的事情大致如此。现在，是 2001 年的夏天。毕业于苏州大学政治系的张夷，已经辞去了海州府大酒店副总经理职务，调到上海工作，业余时间写出不少散文佳作。徐习军原本兼做的宝石生意，赔了三四万块钱，最后只好上岸，从化工高专的电教中心调到学报编辑部，死心塌地地编辑起地质学方面的稿件。关于S院士外甥女的最新消息是，她听说丈夫在美国又结了婚，便只身一人，包里带着刀斧，到大洋彼岸探亲去了。据说在机场检查时，利器被扣下。她微微一笑，说没关系，偌大一个美国，还愁买不到刀斧？

2001年8月31日

诺贝尔情结

2012年10月11日，大约晚间7点10分左右，凤凰卫视新闻台以字幕形式发布了莫言获当年诺贝尔文学奖消息。我看到以后，十分激动。因为就在一个小时前，张亦辉还在我家里吃饭。我们一起说起莫言获诺贝尔文学奖的诸多可能性；为了莫言获奖，还专门举杯预祝了一下。获知消息后，我第一时间给正在浙江工商大学上小说鉴赏课的张亦辉发了手机短信。

短信刚发过去10分钟，中国人民大学经济与金融学院的王小龙教授给我打来电话，告诉莫言获诺奖的消息。王小龙是我在北师大教过的天文系的学生，毕业后分配到西安天文台工作，后来考取硕士与博士，毕业后进入中国人民大学任教，已经成为博士生导师。我对他说，知道啦，正高兴着呢！他说，大约是1986年，正在北师大天文学系读书的他，有一天到我宿舍里玩；我曾拿出一本《人民文学》向他介绍小说《红高粱》，说作品如何的好。他表示那是他第一次知道莫言的名字。如今，莫言获奖了，想起二十六年前的往事，专门打了个电话来。他的电话，让我们两人都沉湎在往事的回忆里，借助这种方式，我们深化了对莫言获奖所体会到的喜悦。

刚刚放下电话3分钟，我的妹妹李洁冰又发来手机短信，说她的女儿丹凡用短信告诉她，莫言获诺贝尔文学奖了。我回复短信说，知道了，正打算写篇博客，说说此事呢。

我启开了电脑，准备写篇博文。在等待电脑弹出微软视窗的间隙里，我的同事，中国计量学院人文社科学院中文系教授胡艺珊又打进电话来，告诉我说莫言获诺贝尔文学奖了。我说知道啦，很高兴的。她说，是呀，真是高兴，为莫言、为中国文学高兴；也为咱们山东人高兴！我为她的高兴而高兴，不仅因为她与我都是山东人，莫言是她的潍坊老乡，还因为她是讲授外国文学的。

这么多的电话和短信，都为了莫言，为莫言的诺贝尔文学奖。看来，诺贝尔奖，诺贝尔文学奖，确实已经成了一个必须承认的心结。我很少以急就章的方式写博文。但今天例外，无疑也缘于这个心结。我除去写下了此刻的激动，还专门找出自己十年前出版的一本文艺论著《作为文学表象的爱与生》，翻到 206 页收录的一篇文章，题目是《从马尔克斯到莫言》。那是我 1997 年为《连云港文学》第 1 期开设的“诺贝尔启示录”专栏写的“专文”。文章说起哥伦比亚诺贝尔文学奖获奖作家加西亚·马尔克斯对中国当代文学，尤其是对莫言的影响；说到马尔克斯获得诺贝尔文学奖的“艰苦”过程，介绍了该奖产生的程序；同时说起云南缘于诺贝尔情结而创设的《大家》，将“首届大家文学奖”授予莫言《丰乳肥臀》的情况，并简析了中国当代作家与诺贝尔文学奖的关系。那篇题为《从马尔克斯到莫言》的文章写于 1997 年 1 月，原文如下——

以中国当代文坛为背景来谈论加西亚·马尔克斯，自然是说此翁在这里的影响。时至今日，诺贝尔文学奖—马尔克斯—中国当代小说，已经毫无疑义地形成了一条意识链。马尔克斯之于中国当代小说，已经不是一个是否产生过影响的问题，而是一个还将影响多久的问题。1997 年，这位文坛宿将已经年近古稀。对于他，人们似乎永远不会产生“廉颇老矣”的担忧，只是一味期待他拿出震动文坛的力作。的确，自五十年代中页，加西亚·马尔克斯横空出世于拉美文坛，至今轰动效应持续不衰，使得全世界都为之侧目，以至于四十多年后的今天我们谈论起他来，话题已经到了俯拾即是的地步。这种情形与近年来的戈迪默、莫里森、大江健三郎、希思、申博尔斯卡等诺贝尔奖得主大相径庭。后述几位的出现与获奖，并没有在中国文坛上激起多大涟漪。这一现象，与其说翻译界应该引咎自责，倒毋宁说是中国当代文坛的一种自信与成熟。归根结底，并不是任意什么人都可以来“影响”一番中国作家的；在诺贝尔奖得主的方阵中，不见得人人都像手掌的中指那样突出。影响中国文坛之所以以马尔克斯为甚，一方面确乎由于此翁具有一种福克纳般的杰出与非凡，另一方面，也不能不说是中国文坛的一种主动认同和选择的结果。

曾经有一种舆论，谓诺贝尔文学奖的评选带有一定的主观性和盲目性。这种观点的一个极端的说法，即是它的以西方文化意识为中心所导致的评选结果，使得东方亚洲国家的获奖者寥若晨星，特别是中国这样一个占世界人口五分之一的泱泱大国，迄今与该奖无缘。这种说法为中国作家为什么没有走上瑞典科学院的领奖台，在翻译的困扰之外，又从意识形态领域找到了解释的角度。但是，这一角度的解释，仍然无法化解那些著作等身的大师的诺贝尔情结，也无法将中国从诺贝尔文学奖得主榜上无名的缺憾中彻底解脱出来。诺贝尔的其他奖项，华裔已几度问津；文学奖的候选人中，鲁迅、艾青、沈从文等大家也曾先后入围。究竟是什么原因使得诺贝尔文学奖的桂冠迟迟不肯降落到中国作家的头上，似乎已经成了一座迷宫。在这个意义上，重新回顾一下加西亚·马尔克斯获奖的艰辛过程，也许是不无启示的。

1967 年，《百年孤独》一经问世，即为马尔克斯赢得了诺贝尔奖候选人的资格。但直到 1982 年此翁从瑞典国王手中接过诺贝尔文学奖的奖金与证书，时间已经毫不留情地流过了15年。15年中，“候选人”的名衔已经不是马尔克斯的荣耀，转而成了对他的一种精神折磨。只有在这种情况下，1982年10月21日凌晨，此人在侨居的墨西哥寓所里接到一个声音微弱的电话，通知他赴瑞典出席诺贝尔文学奖颁奖仪式时，他才会如梦初醒般喃喃自语：“这是真的吗？我再也不是诺贝尔奖的候选人了。”他在几分钟后接到的第二个电话，是哥伦比亚总统贝坦库尔从波哥大打来的，祝贺他成为诺贝尔文学奖得主，并且是该奖自设立以来最年轻的获奖者之一。总统对他为哥伦比亚、为拉丁美洲赢得了声誉表示了由衷的谢意。事实上，只有诺贝尔评奖委员会知道，在最后的一两轮投票中，由于激烈的竞争，这位拉美的文学巨擘险些落选。

诺贝尔文学奖是怎样评选出来的？首先，要由各国作家协会主席、文学院院士、大学或其他高等学府的文学史和语言学教授、历年的该奖获得者推荐，然后，再通过瑞典科学院提名、讨论、投票来决定。瑞典科学院评奖委员会由十八名委员组成。这个数字是在1786年由它的创始人——国王古斯塔沃三世决定的。这个委员会被认为是世界上保持得最好的委员会之一，只有选举教皇的委员会能与之媲美。按照惯例，最初科学院要预选出150名候选人，然后，再把候选人的数字减到20名，到六月份，从这20名人选中再选出7名竞争者。这7名竞争者的代表作品，随即被分发给每位评奖委员。这些委员用整整一个夏季，在风景秀丽、气候宜人的瑞典，研究作品并做出自己的抉择。进入20名阶段，人选仍可调换。一旦进入了7名竞选者当中，就只能在这7名中选出一位获奖者了。秋季来临，委员们提出他们的书面意见，再召开一次讨论会，表明各自对一或两名竞选者的立场。经过多次讨论后，才进行最后的表决性投票。至于投票数的比例，则历来是科学院的最高机密。

加西亚·马尔克斯1967年被提名为候选人后，许多年里一直处在20名候选人阶段，直到1980年，才成为7名竞选者之一。在做候选人的漫长的十几年里，他曾因抗议智利军政府上台而声明罢笔。罢笔的过程延宕了瑞典科学院对此人的推举。1980年，诺贝尔文学奖评委阿尔杜尔·伦德科维斯特在报上发表文章，认为加西亚·马尔克斯是最合适的候选人之一，科学院只是在等待他写出另一部小说来。事实上，此时的马尔克斯，已经计有长篇小说四部：《枯枝败叶》、《百年孤独》、《恶时辰》、《族长的没落》，中短篇小说多篇，如《没有人给他写信的上校》、《周末后的一天》、《格郎德大娘的葬礼》、《巨翅老人》、《蓝狗的眼睛》、《雪地上的血迹》等，电影作品多部，如《预兆》、《我亲爱的玛丽娅》、《金鸡》等。上述作品，多次获得哥伦比亚及拉丁美洲文学及影视大奖。但瑞典科学院并没有就因此放弃了对竞选者实力的苛责。在这种情况下，马尔克斯终于意识到，承诺罢笔的时候，他过分自信智利的独裁者比诺斯不会维持很久，但出人意料的是这个独裁政权继续下去了；他的决定开始变得对独裁者有利，而对他不利。他改变了他的决定："我的继续写作，在政治上要比我停止写作更有价值。"于是，1986年6月，马尔克斯发表了他的中篇名作《一件事先张扬的凶杀案》。这部小说坚定了瑞典科学院对他的期望值与信心，成了决定授予他诺贝尔文学奖的决定因素。即使如此，在1982年的秋天，马尔克斯获奖也依然没有一帆风顺。妨碍他获奖的还有此翁在做候选人期间对该奖的一些微辞，有些文章他直接使用过《诺贝尔的幽灵》一类赫然标题。但是最终，瑞典科学院"不以一眚掩大德"，还是将诺贝尔文学奖授给他。这样，加西亚·马尔克斯才结束了长达十五年之久的诺贝尔文学奖候选人的生涯，在瑞典的领奖台上发表了题为《拉丁美洲的孤独》的著名演说。

加西亚·马尔克斯没有辜负诺贝尔文学奖。获奖之后，他佳作不断，有长篇小说《霍乱时期的爱情》、《迷宫中的将军》，文学创作谈《番石榴飘香》频频问世。谈及加西亚·马尔克斯对中国当代小说界产生的影响，有三个话题永远是令人感到会心的和亲切的。一是此翁的时空观，二是他的叙事方法，三是他在家族的角度上所做的文学建树——他以家族的幻灭折射了哥伦比亚乃至拉丁美洲的历史，使小说成为历史的缩影或象征。大概在马孔多镇从出现到消失的一百年间，一本羊皮手卷的意义始终隐藏在背后，直到该镇被一阵飓风席卷而去时，它的魔力才从第六代奥雷连诺阅读完毕的刹那间显露出来。这种百年一轮回的时空观，是典型的印第安人秉持和笃信的。提起拉美的魔幻现实主义，许多文章将博尔赫斯、柯塔萨尔等也一并归入，这是不严肃和不妥当的。魔幻现实主义的根本特点，是以印第安人的传统观念，特别是他们的时空观来反映拉美的现实。这一点，马尔克斯在他的《百年孤独》中体现得最为典型不过了。

《百年孤独》给马尔克斯赢得了世界声誉，同时为世界各国的文坛带来了持续不衰的冲击力。“多年以后，奥雷连诺上校站在行刑队面前，准会想起父亲带他去参观冰块的那个遥远的下午。”把这部不朽名著的开篇的句子，与莫言的《红高粱》的开篇略作比较，人们不难会心一笑：“一九三九年古历八月初九，我父亲这个土匪种十四岁多一点，他跟着后来名满天下的传奇英雄余占鳌司令的队伍去胶平公路伏击日本人的汽车队。”任何人都会从这些过去、现在、未来水乳交融、魅力四射的起句中看出其血缘关系来。莫言在《红高粱家族》问世前，经历过一段难言的苦闷。《透明的红萝卜》使他跻身于先锋小说家的行列，但并没有焕发出他作为杰出的小说家的雄性的力量。他接触到了福克纳、马尔克斯之后，曾一度焦虑于他们那如同“小火炉一样的烘烤”。经过一番痛苦的思考之后，此人发生了重大蜕变。复出的莫言以中篇小说《红高粱》使评论界一时失语。大概过了很长时间，有“怪才”之称的李陀，才以书信的方式作了现在看来是读后感式的平面观照。十几年来，莫言才情豪迈激荡，从《黑孩》到《红高粱》到《五梦集》再到《丰乳肥臀》，一路高歌，唱的是血性、是雄性的交响；他的作品是对人性、对大地、对种族、对血缘、对家族的最富激情的观照。正像加西亚·马尔克斯尊称福克纳为“文学之父”一样，得力于马尔克斯的有力启示，中国文坛上也出现了能够在叙事方式、语词意象、观照角度、时空观念上才气逼人的莫言及其作品。莫言与福克纳和马尔克斯都不尽相同，但又有洗之不去的濡染关系。世界文学范围内的融会与整合，确实在很大程度上销蚀了一大批东张西望的以追潮和模仿为生的“作家”。这些“作家”们毫无个性可言，只能在众多的文字泡沫之上，堆砌新的虚浮高度。而莫言，却对中国文坛做出了令人不能小觑的建树。当然他的建树无法与马尔克斯一一对应，比如后者在时空观的表达上那种上帝一般的俯瞰视角，使用复数第一人称独白的创意，精雕细琢每一部作品到了锱铢必较的地步的可贵精神（《百年孤独》用了 18 年，《一件事先张扬的凶杀案》用了 30 年，《族长的没落》用了 17 年……），特别是他那引起了一场“文学地震”的“变现实为幻想而又不使其失真”的魔幻现实主义，以及他忧患于整个美洲大陆的民族意识——广义的孤独感……但是，这都无碍于莫言迎风站立：他不是马尔克斯的复印件，而是中国作家莫言。

饶有意味的是，以诺贝尔情结为初衷出现在中国期刊界的《大家》杂志，将“首届大家文学奖”授予了莫言长篇小说《丰乳肥臀》，这其间寄托了中国文坛呼唤大家、殷殷瞩目于诺贝尔文学奖的多少用心！莫言及其作品与诺贝尔文学奖之间的距离，究竟还有多远？答案隐含在莫言的作品里，而揭示答案的“上帝的手指”，却远在异国他乡的瑞典科学院。除了心情不必绷得过紧的期待，中国文坛似乎无需再多说什么。

上面写于 1997 年 1 月 9 日的文章，让十五年的期待变成了现实，印证了中国作家莫言创造的力量，中国当代文学的力量。

2012 年 10 月 11 日

已列入史册

前天，2013年3月11日，瓦西里耶夫去世。昨天，夜里，看到消息心中一沉，好像有个重物坠落下去，一直沉到深不可测的地方，还没有停止那种下沉。今大，早晨，起床后依然不能释怀。我就知道，是写下这篇文字的时候了。

1980年，瓦西里耶夫的作品进入我的阅读生活，是因为1979年我考入了北京师范大学中文系。次年6月，湖南人民出版社出版了王金陵翻译的中篇小说《这里的黎明静悄悄》，不仅让我知道了瓦西里耶夫的名字，还让我对名字产生了敬意。虽然读到《这里的黎明静悄悄》时，距离作家发表作品的时间已经过去了11年，但我还是无法掩饰自己的惊异。因为那是在《平原枪声》、《烈火金刚》等抗日小说被视为“经典”之后，我第一次接触到苏联表现二战题材的作品。瓦西里耶夫叙述着绝境中的“不可能”，却令你深信不疑；语言有一种与生俱来的幽默，在快乐的叙述中流淌，更让你爱不释手。一边阅读，我心里也在一边生成对比：在中国抗日作品中，日本鬼子都是畜生，八路军流血不流泪；而在瓦西里耶夫笔下，红军女战士却任性、浪漫而又脆弱，德国军人反而表现出极佳的职业素质。再看众女兵中的男主人公华斯科夫，显得那样木讷、笨拙和腼腆，内心却又是那样温情、体贴和珍惜，与我们熟知的《红色娘子军》里党代表洪常青也大不一样。作品临近尾声，瓦里西耶夫凄美、悲壮的风格显现出来了：十六个武装到牙齿的德国士兵，被打死了十二个、俘虏了四个，最终没能突破华斯科夫部署的防线；但是，准尉狙击小组里的五个女战士，也全部香消玉殒。不断闪回和穿插在红军女战士脑海里美好的和平生活场景，让我们对战争的残酷开始无法接受：姑娘们本来美丽、青春而又活泼，充满了对美好生活的憧憬；如果不是德国纳粹背着枪支和炸药来袭，她们一定会恋爱、结婚、生儿育女，成为幸福家庭的女主人。但是，一天一夜的狙击战，把一切都毁了……

很长的时间里，对丽达、冉妮娅、李莎、索菲娅、嘉丽娅等红军女战士的叹惋，对华斯科夫木讷表象下坚毅的敬重，甚至对那些德国士兵训练有素的高看，我都不能够放下。我知道自己的价值观可能出现了一些紊乱，但那样的感喟挥之不去，最后只能用“如果不是战争……”这样的假设，让自我解脱出来。是的，如果不是战争，俄罗斯的姑娘，德国的后生，会在同一片阳光下恋爱，在不同的教堂里完婚；如果不是战争，中国人，日本人，也不会结下如此难解的死结。战争，纵有一万个理由，因为其摧残生命、毁灭美好，就一个理由也站不住；战争，绝不是政治的最高手段，只能是政治家的黔驴技穷。穷兵黩武，最终让二战始作俑者希特勒命丧地堡、东条英机和墨索里尼曝尸绞架；而以战止战，也使中、俄、法、英、美乃至日本伏尸百万、流血漂橹。和平，是这样的来之不易，又是这样的步履维艰。

我读到大学二年级时，湖南人民出版社又请裴家勤、白春仁翻译了瓦西里耶夫的长篇小说《未列入名册》，在 1981 年 7 月出版。那依然是一部表现二战题材的作品，说的是刚刚授衔的中尉普鲁日尼科夫，奉命前往布列斯特要塞报到；但抵达后，却被一片硝烟战火逼近要塞的地下工事，无法找到隶属部队履行报到手续，因而成了“未列入名册”的军人。正是这个没有番号的军人，独自在要塞的地下工事里，与一个集团军的德寇周旋了十个月，令他们寝食难安、魂不守舍、损失惨重，难以向俄罗斯纵深移动一步。直到弹尽粮绝，普鲁日尼科夫才被迫走到要塞地面。在作家笔下，中尉的脸上闪过一丝奇异的胜利者的冷笑，对德国集团军司令说：“怎么，将军，你现在知道一俄里有多少步了吧？”随后，德军战地卫生员试图把他送上救护车。双目差不多已经失明的普鲁日尼科夫，踉跄着迈动浮肿和冻僵的双腿，坚持自己走。这时候，令我惊讶的一幕，在瓦西里耶夫笔下出现了：“突然，德军中尉把脚跟一碰，一只手举到帽檐上……士兵们都挺胸肃立。”普鲁日尼科夫用坚毅的军人品质、令人难以置信的一个人的战争，从精神品格上赢得了职业军人应得的礼敬。多年之后，这一幕竟然被中国电影与电视剧竞相模仿，令人齿冷。

我毕业留校后，在“大学语文教研室”任教。教研室的吴则林，原来曾在校苏联文学研究所做翻译。1983 年 9 月的一天，我和吴则林从教研室所在的六楼爬上八楼，去拜会校苏联文学研究所的潘桂珍老师。我知道北师大在苏俄文学研究方面，走在全国前列；潘桂珍老师开设的“苏联文学”选修课，即衔接了傅希春先生讲授的俄罗斯文学。她告诉我们，瓦西里耶夫的长篇新作《不要谢击白天鹅》，国内已经在着手译介，估计不久即可面世。我问是谁在翻译，哪家出版社出版。潘老师说，是李必莹翻译、湖南人民出版社出版的。

又是湖南人民出版社。在国内众多出版社中，这家出版社似乎保持了对苏联文学界的最大关注。仅是瓦西里耶夫，他们就推介了《这里的黎明静悄悄》、《最后一天》、《依万诺夫快艇》、《遭遇战》、

《未列入名册》、《不要射击白天鹅》等一系列作品；并分上、下两册，出版了《瓦西里耶夫小说集》。在上个世纪八十年代，喜爱瓦西里耶夫的我，对湖南人民出版社时常心生感动。由于上过潘桂珍老师的选修课，对与瓦西里耶夫齐名且并称“三夫”的艾特玛托夫和邦达列夫，我也爱屋及乌。艾特玛托夫的《白轮船》、《一日长于百年》，邦达列夫的《岸》和《热的雪》，我都十分喜欢：他们大多有经历二战的背景，除对战争文学拥有特别发言权，还因为对人性的参悟传承了俄罗斯文学深厚的传统。当然，苏联文学还有两位重量级作家不得不提：一位是拉斯普京，他的《活着，但要记住》，让我对道义与人性冲突导致的悲剧，纠结得差不多快要“此恨绵绵无绝期”；一位是阿斯塔菲耶夫，《鱼王》以其对于文学史的非凡贡献，让我明白了人与人、人与自然之间的关系，完全可以是我们非常陌生的关系。这些人，个个是作家翘楚，对于中国文坛产生了旷日持久的影响，一直持续到西方文学思潮东渐中国，魅力依然不减。

阅读瓦西里耶夫、艾特玛托夫、邦达列夫和拉斯普京的作品，使我很长一个阶段对中国表现抗战题材的文学作品心生不满，直到莫言在1986年写出《红高粱》。当我看到“一个鬼子兵慢慢向奶奶面前靠。父亲看到这个鬼子兵是个年轻漂亮的小伙子，两只大眼睛漆黑发亮”这样的句子时，原先的阅读经验被全部颠覆了。莫言令人信服地让读者明白，日本兵也是人，甚至可以长相“漂亮”，尽管他们的行径属于“鬼子”性质。自莫言始，中国抗战作品已经开始像苏联二战文学一样，逐步地接近文学真味。近日读冯仑先生博文《台湾抗日剧与大陆的五大不同》，对文中所涉五点相异之处，即城乡角度、身份选取、国恨家仇顺序、抗争出发点，特别是阶级与人性的分析，深为赞同。虽然冯仑先生委婉地认为台湾、大陆两地抗日剧可以互补，但孰高孰下，相信读者可以立判。联想到近年来充斥荧屏的武侠化、偶像化、脸谱化抗日题材影视剧，正以狂欢方式面对中国在第二次世界反法西斯战争中的抗战，消费着“一寸山河一寸血”的艰苦卓绝，深感人性深度已经在民族情绪中淡出的无谓。

瓦西里耶夫走了。俄罗斯人很沉痛。据媒体说，普京向作家的家人表示了“诚挚和深深的哀悼”。梅德韦杰夫致电莫斯科作家协会说：“他（瓦西里耶夫）的作品激励了数百万人，教会人们同情和善良。”的确是这样。此刻，我想起先锋作家张亦辉说过的一句话：“从终极的角度，枪杆子里打出来的是恨，作家笔杆子里淌出来的是爱。”明天，也就是2013年3月14日，瓦西里耶夫的葬礼即将举行。虽然作家虚构的普鲁日尼科夫中尉，到死也“未列入名册”；但作家本人——请允许我郑重地说出他的全名，鲍里斯·利沃维奇·瓦西里耶夫，已经永远载入了文学史册。

2013年3月13日

西 窗

我们去邀请朋友小鞠小聚时，他正用纸牌在老板桌上摆梅花阵。他们“巨无霸”公司的人都知道经理有这癖好，并不说什么，看不出是敬畏还是无所谓。

我们说，小鞠，周末了，出去喝一杯！

小鞠显得很高兴，痛快地跟我们离开了公司。元旦之前，我想进两辆车。他说，一辆东风车，一辆拉达。

这时候，我们已经走进了大楼的阴影。你要慎重，我们说，运输淡季快到了，还进车？

这是我们的忠告。我们每次听完他的规划，都要深入地为小鞠想想，提一些看法。我们是很好的朋友。

这些话贴心贴肺。小鞠站下来，掏出“555”，每人发了一根。走出阴影，大楼就闪到身后去了。这时候，小鞠转过身，指着大楼九楼最西边的一扇窗户，说，那就是我的新家，四居室，要九十八万，我六十二万就拿下来了。

小鞠？我们都气不忿地嚷，乔迁了也不吱一声，太不够意思了！

小鞠急了，说哪里呀，你们还不知道我？亲兄弟，也就你们几个了。搬了能不告诉你们？正装修呢。

那公寓楼高大挺拔，耸立在深秋的蓝天里，映射着夕阳桔红色的余辉。但是，西窗看上去无遮无挡，无力地反射着太阳光，缺乏应有的情调。

小鞠，我们进一步询问，你家那扇西窗，什么时候能挂上百叶窗帘？

我不挂百叶窗帘。小鞠说，我喜欢紫天鹅绒窗帘。他说这话的时候，脸上浮现出一种遐想神情。

好蒙得密实些？我们说，那扇西窗后面，是卧室吧？

小鞠眨巴着他那细长的眼睛说，欢迎参观，内容很丰富的嘞。

那次“喝一杯”之后，时光飞速流逝，季节在我们面前穿梭不停。时光和季节这些玩意，我们只能用皮肤去感知它，体会不到其中的深切含义。在中国东部那座沿海城市里，我们都各忙各的，试图将新出现的问题像割韭菜一样割掉。当然这只是我们的愿望。但有时候，新问题与老问题盘根错节，像一墩千年老树根，对付起来十分麻烦。我们时常出汗。偶尔，我们在街上碰到“巨无霸贸易有限公司”经理，就问他，小鞠，生意怎么样？

很好。他总是这样说。

看来世界确实是在向好的一面发展。这使我们感到放心。

大约在冬季，小鞠搬了新家，请我们到家里做客。我们上门时，发现他的妻子已经是大腹便便的孕妇了。我们认识她，故作吃惊地问，嗬，小陈，发福了？

都七个月了。小陈说。

世界总是在悄悄发生一些变化，成就一些大业。我们在慨叹自己庸碌无为时，也深感自己没心没肺。在这种心情里，我们依次进入小鞠的家。我们前来做客，均是两手空空。多带了礼物犯嫌，少带又没必要。我们都觉得，鹅毛就是鹅毛。鹅毛隔了一千里送来，还是鹅毛。对于汗毛都比我们大腿粗的小鞠家来说，尤其是这样。我们都清醒地不愿意为自己添麻烦。我们是这么想的，我们时常接受小鞠的帮助，是因为他比我们富强。一个人只有足够强大，足够有能力，才谈得上帮助别人，比如我们给台风“菲特”重创后的菲律宾送医送药。何况，我们和小鞠还有友情在。

进了客厅，大家边宽衣，边四下打量，制造出不少啧啧声。

西窗就在这房间吧？我们问，打开门看看，是紫天鹅绒窗帘吗？

不看不知道，小鞠在身上摸索着。钥匙呢？真他妈的，刚才还在的；小陈，你看见这门上的钥匙吗，带塑料虾的？

不天天你自己揣着嘛，小陈两手抚着隆起的腹部说，平时谁进得了你那门？

说的也是，平时谁进我跟谁急。小鞠说，主要是他们不配。

算了。我们说，开门就看见了窗里的夕阳，不开也罢。

我们很快被邀请入席。大家发现，小鞠两口子做菜很是讲究，几乎都是按菜谱的规范烹制的。小鞠拿出一瓶带法文的酒，两瓶古井贡酒，往桌子上一杵，说，办理。小陈为我们一一斟满，十分自觉地退到厨房烧菜去了。

小鞠有这样一种习惯。与我们相聚，总是微笑着看着我们，话并不多，偶尔插一句，却很够味。他结婚之后，有一次在咖啡馆相聚，我们谈起人这种东西，引发了广泛的话题。小鞠适时插话说，我把你们讲的概括为一句上联：老猎户有枪无弹，谁对得下联？当时小陈也在座，低头抿着嘴儿笑。她的处境和她的笑容一样微妙。我们当时想，小陈是懂得人，男人，是怎么回事的。这一切，都要归功于小鞠。于是我们展开文思，挖空心思对下联。当场有出“小尼姑”怎样怎样的，“新媳妇”怎样怎样的，均显得十分不上档次和白露，不如小鞠的上联那么不露声色，那么有韵味，有嚼头，不伤大雅。最后是我们中的一个北京朋友，以一句“夹皮沟细水长流”勉强入对。当然他也承认，下联神韵够了，但字面对得不工。至今，小鞠的上联没有征得满意的下联。

就在陈喜琴去了厨房时，响起了门铃声。

我们都朝小鞠看。难道他还请了别的客人？

小鞠坐着，不动声色。小陈只好从厨房腆着肚子跑去开门。门在我们餐厅的另一侧，因此我们无法知道来的客人是谁，几位。谈话声便在外面响起来。

我们都停止了饮酒和交谈，看着小鞠。小鞠不在意地摆摆手，示意无所谓，请我们吃我们的。他甚至超水平发挥，斟满一杯白酒向我们敬酒，说是感谢多年来我们对他的帮助。这种话说得庄重，大家不免一饮而进。酒尽杯落，小陈进来了，俯在小鞠耳边小声嘀咕着什么。

我们说，嘿，悄悄话枕边说不完，移到这儿啦？我们可都是顺风耳。

小鞠忽然焦躁地大声说，没看见我这儿有客人吗？你去告诉他们，过了元旦再说。

小陈站着不走。

小鞠便又加了一句，现在没有！

小陈只得低眉顺眼地退出去，又与外面的人谈起来。

外面的人被小陈用什么方法送出门的我们不太清楚。然后我们就看见小陈小步蹀躞着，跑进厨房，转眼又端着炒锅出来，对着我们大家说，坏了坏了，鲍鱼烧焦了。

你说说，你还有什么用！小鞠将筷子朝餐桌上猛一拍。小陈的眼睛一下子红了，盈出泪水。

小鞠，我跟你说，你别再装得假模假势的！小陈一边抹着鼻涕眼泪，一边说，别人不知道你的老底儿，我可知道。

你给我住嘴！小鞠说着举起了一只酒杯。

你摔，你摔！小陈说着走上前来，仰起脸对着小鞠。你摔呀，你有本事怎么不跟来要账的人摔？你欠了人家十多万，你怎么不摔？你公司快倒闭了，人家追到家里要半年多的工资你怎么不摔？你房子还欠着房款你怎么不摔？你跟我摔，你算个什么东西？！

啪的一声，小鞠将酒杯掼在地上。酒杯碎成无数碎片，闪着晶莹的光泽。他嘴唇哆嗦着说不出话来。看见小鞠真掼了酒杯，小陈愤怒得两眼迷离，在酒桌上乱抓一气，抓到了一只酒瓶子，嘴里发出含义不明的呜咽与咒骂，也将酒瓶朝地上猛一掼！

这一切，来得都太突然。我们都来不及考虑该如何做出反应才得体和不失分寸。看见酒瓶划了一道亮光，带着一定的弧度朝地上击去，我们的心都骤然紧缩。但是，并没有听到爆裂声。那只古井贡酒的瓶子并没有碎。我们后来想，女人的力气毕竟是有限的，特别是孕妇。

小陈见没摔出声响，又弯腰俯身想去抓那瓶子。但那只坚实无比的，拒绝为妇女扬威的酒瓶已经滚到了桌子底下。小陈抬起身时，我们大家看见了一张已经被忿恨和委屈扭得变了形的脸，惨白惨白。

我们喊道，小鞠！

我们的话听起来像是抚慰小陈和制止小鞠。但是也难说。我们那时的心情十分复杂。

小鞠僵坐地餐桌边，一动不动，一言不发。

我可受够了！小陈捂着脸，唔唔哭着跑进了卧室，砰的一声将门撞上了。里面的情景就此与外界隔绝。四 周霎时静了下来。

餐桌上，杯盘狼藉，菜肴已经不冒一丝热气。有几盘已经结了冰或凝固出一层白白的油脂。我们默然望着餐桌，一时不知说什么才好。

那次小鞠的家宴结束后，我们当中的北京朋友，介绍了一桩黄花鱼生意给小鞠。我们都为小鞠高兴。小鞠本人更高兴。为了打一场翻身仗，他抵押贷款，奋力一搏，在腊月初押着装鱼的卡车，去了北京。

腊月二十四，是中国人祭灶，辞别灶神爷。我们都十分自觉地在腊月二十四这天，放了串鞭炮，各家打了打牙祭。但是，我们几个却集中不起精神头，老在想，二十四，小鞠的鱼车，走了五六天了。

二十五,二十六……转眼之间，年三十，春节了；而小鞠，一点消息都没有。

我们那个春节，心就这样给悬了起来。我们欢笑，举杯，四处拜年，心里却在想，怎么回事，小鞠？走在那座公寓楼下，我们会习惯性地向那扇西窗望两眼。那窗户泛着紫红色，闭得很紧。我们想，紫天鹅绒窗帘后面的主人，小鞠，黄花鱼生意做“火”了在北京扎下来了？

过了春节。过了元宵节。又过了龙抬头，接下来细雨霏霏，是清明。芦苇在河滩泛起绿波，到了端午节。我们免不了相互打听，有小鞠的消息吗？没有。这家伙，怎么搞的？我们面面相觑，不得而知。

那年的春天很短暂。眨眼之间，云南梧桐在马路两侧扬花、吐芽，很快生长出肥硕的绿叶。我们开始将衣服一件件褪掉，最后只剩下了背心和裤衩。夏天就这样来了。

可是小鞠，杳无音信。

骄阳似火的时候，北京朋友来我们所在的城市寻找小鞠。我们立刻聚起来，听他回忆。原来，小鞠那次并没赚到钱，因为车在路上坏了，适逢暖冬，车开到北京时，鱼化了冻，烂掉了，最后三文不值两文就地处理：小鞠倒赔了四十多万。他离开卡车，说上厕所，就此消失在人海里，一去没回头。那位北京朋友心里不安，专程来探望小鞠近况。

我们只好陪他到小鞠家去探看。我们想，也许小陈会知道小鞠的一些情况。我们爬上九楼，没有人感到疲累。我们有礼貌地按响了门铃。

开门的是小陈。小陈脸上粉黛全无，穿着夏天单薄的衣衫，显得十分清瘦。她见是我们，低头请我们进了客厅。问起小鞠，她说，不知道，小鞠没有这个家了。他不是跟你们在一起吗？

我们试图帮她回忆半年前的情况，她显得前言不搭后语，后来忽然大声说，他去贩他的黄花鱼，一去就活不见人，死不见尸，家也给他贩没了！

随即她又捂着脸唔唔地哭起来。

我们这才发现，屋里的陈设是简陋的。红木家具和真皮沙发以及雕花地毯都不见了，取而代之的是一些日常必备的普通的桌子、椅子和凳子。我们只得说一些安慰小陈的话，但是也感到我们的安慰是苍白无力的。

小陈，我们说，有什么困难，跟我们说。我们毕竟是小鞠的朋友。

小陈没有说话，突然起身推开了一扇门。门一开，强烈、燥热的太阳光立即从洞开的窗子射了进来。这正是带西窗的那个房间。紫天鹅绒窗帘还在，已卷到一侧，落满灰尘。小陈奔过去，从地上抱起一个未满周岁的男孩。原来小陈怕孩子打扰谈话，将孩子关进了这间房子。

小陈将脸贴在孩子脸上，露出真切实在的母爱来。我们看见孩子手里抓着几页纸，像是刚从什么书上撕下来的，就不由打量一番孩子刚才待的房间。

原来，这是一间书房。很气派地一溜放着几个书橱。书橱里摆满了形形色色的文学书。这使我们感到诧异。我们没有料到小鞠还暗地里爱着文学。也许正是这样，这位生意人在心目中才那样敬重我们。我们征得小陈同意后，走进书房，翻看了一些小鞠的藏书。

档次很高。有前两年完整的《世界文学》和《外国文艺》，有“二十世纪外国文学名著丛书”里的几种，也有“WW ”丛 书。还有几本曾经对中国当代文学发生过深刻影响的书，像《百年孤独》、《喧华与骚动》、《生命中不能承受之轻》、《逃离》，等等。

小陈跟在我们后头说，来要债的，将家里值钱的东西，都搬走了；这些不值钱的，都留下了。现在，她经常撕了，给孩子揩屁股。

我们耳闻目睹，心绪纷乱，心情沉重；再一次安慰了小陈母女，就离开了小鞠的家。

关于小鞠，一直没有确切的消息。传闻他已经到了挪威，在那里进修北欧文学。又据说他在鄂尔多斯从事房地产开发，遭遇“鬼城”现象。还有第三种说法，说他在内蒙开发羊毛产业，已经成了名副其实的老板。但是，这些消息都无从证实。这个世界，越来越没有什么令人关注的重大新闻，只有一些小道消息披着虎皮到处游走。对于我们来说，只会引起一些见惯不惊的疲倦。

黄叶片片凋零的时候，我们意识到秋天在别处转了一圈，又回到了这座城市。忽然有一天，我们都发现了小鞠家所在的那座公寓楼，有了一点常人不注意的变化。就是九楼朝西的那扇窗户，窗户已经不是原来天鹅绒的绛紫色，而是换成了浅黄带绿的另一种颜色。我们都感到了一丝奇异。

这块质地显然一般的窗帘，怎么替代了紫天鹅绒？是谁的主意？我们想起小鞠，想去探望，又担心见不到他，徒然增加小陈的伤感。我们伫望着那扇西窗，心里浮起一些复杂的泡沫般的念头，随即，又被生活的流水冲走了。

只是那浅黄带绿的窗帘，还在公寓楼九楼的西窗上，显示着平实、朴素的色彩。

2013 年 12 月 14 日

以前和以后

现在就回忆。

董淑石，以前是连云港市富有实力的作家。他不仅作品有深度，人也一样。你读他的作品，能够感受到他说话的口气，沉郁，顿挫。他坚定、自信、幽默，待人宽厚，视野高远。虽然他已经有些年头未写小说，但《燃烧的家族》、《桥》、《双桥》、《水底世界》等一大批作品，至今仍可作为范本来读。他没写小说，是因为开始用政绩进行“创作”，这比用文字来得有力度，大家也就理解了。只是平时文事活动见不了他的面，心里有些空落。后来，他做了赣榆县的副县长，时间不长；再后来，他做了县职教中心党委书记，时间很长；再后来，新近，他做了百亩樱桃园的主人。只是，以后，他还会重操小说么？……

张亦辉，以前是连云港文坛与中国先锋小说真正接轨的作家。他在小说语言上的独步现象，曾经让许多青年作家暗暗效法。《布朗动动》、《证婚人啊你是谁》、《秋天的早晨》、《牛皮带》等作品，与当代文坛辉耀同侪的格非、孙甘露、毕飞宇等人比肩，亦不示弱。他以物理学学士转取经济学硕士学位，继晋高职，现执教于浙江工商大学人文学院，教授小说与电影鉴赏的选修课。新近他研究中华经典中的文学叙述普系，颇有建树，即将有专著出版。因此，以后，他还会重操小说么？……

王成章，是才气横溢、笔力过人的作家。以前，凡读到他的《蜻蜓之舞》、《森林》（断章）的朋友，无不为他的表现力喝彩。但是他很有些年头未有新小说问世了。原因不详。眼见他每日里忙于组稿编稿，表现出一种执着的敬业精神，让人为他从业的报社欣慰。新近他写了一部65万字的长篇报告文学，为一座中国唯一以“抗日”命名的山。书出来后轰动县邑，令人顿感以前对他小说不多的担心虽然出于善意，却并非多余。那么，以后，他还会重操小说么？……

李建军，在同龄作家中出道最早，实力最健，当然也最为坎坷。以前，《狐狸谷》、《寻访记忆》、《糟糕的手机》等作品，以其生活的质感与对语言韵味的提顿，久为同好称道。他告别机关下海经商，一度宝马雕车香满路。而以其对于现实生活的热爱，纪实作品成为他晚近致力的目标，亦不为怪。只是令他讶异的是，在纪实文学界他不仅备受推崇、引领风骚，还重温了下海经商时的殷实梦想，真是匪夷所思。这样，以后，他还会重操小说么？……

当然，还有我，上个世纪九十年代末，《钟山》主编徐兆淮先生在《文艺报》上撰文介绍小说界的“苏军”，曾经将作家陈武与我一道，指为江苏文坛继陆文夫、叶兆言之后的第三梯队。但是，1998年我揖别文联，到电视台做了负责人，一去十年；2007年我重回高校，到中国计量学院做了人文社科学院的教师，一晃又是五年。十五年来，我没有染指小说创作。扪心自问，以后，我还会重操小说么？……

在连云港市的作家朋友中，能够“坚守神圣”、持续写小说的作家，不是没有，不是很多，因此格外令人敬重。依赵本夫先生的说法，他们是在“山那边放出零星枪声”，偶尔也有重炮声响。陈武，可以称为第一位；二十多年来，笔耕不辍，成果甚丰，屡登中国作协年度最佳小说榜，更是《小说选刊》和《小说月报》中的常客。李洁冰，也是一位；十几年来佳作不断，获奖频频，小说同样多次入选《小说选刊》甚至《新华文摘》。他们的毅力，他们的勤奋，他们的实绩，令人感觉连云港在中国小说界，“战友还在，阵地没丢”。

但是，究竟是一些什么样的原因，使许多曾经十分看好的作家朋友散失于滚滚红尘？到底是文学在考验人群，还是生活在考验作家？

面对拷问，我时常无言。

2012年10月1日

第三辑 河流

见面，或见字如面

大学毕业后，同学见一面不容易。因为非常难能，所以特别可贵。

刘玉畅来了。我高兴得不知说什么好，先打一拳，而后拥抱，因为是我毕业留校后迎来的第一位“479”三班同学。前479年恰是孔子逝世的年份，与北师大中文系79级邮箱编号巧合，后来竟成了我们专业与年级的不二代称。刘玉畅原来是江西考生，但生在南京，算我的江苏同乡。他热情，善良，会作曲，能指挥，画得一手好画，在班里属才华横溢一脉。不只如此，他还是我大学四年里的“铁三角”之一。安排好住处后，我请他在“实习餐厅”吃饭。上个世纪七八十年代，只要在北师大读过书的，没人不知道“实习餐厅”，因为那里可以随意点菜，吃小炒。吃着喝着，我便知道了，刘玉畅从盐城来见我，只是顺道；他主要是来看望徐萌小师妹的。小师妹后来成了女朋友，女朋友后来成了未婚妻，未婚妻后来成了妻子，妻子后来成了前妻。在徐萌身份的不断变化中，刘玉畅栉风沐雨，逐渐变得成熟而又坚强，不仅人生步履愈加稳健，事业也越做越大，很早就过上了“体面而有尊严”的生活。我陪他熬过夜，流过泪，深深体会到了坎坷对于成就一个男人的意义。

刘经建来了。他本来就是“479”笑声的源泉，见面后，先猛击我的肩膀，接着便暴出爽朗的笑声；因为我们在西南楼301、302“同居”了四年。他从宁夏回北京，主要是因为考研。他活力不减，风趣依然，这样评价我的留校任教：“你在这里，先是念别人写的书，后来又写书教别人念。”他的后来，是拿到母校的硕士学位，重返宁夏大学执教，成了优秀的语言学家。但他率真、爽朗的性格却没改变：表达友情或爱情，有时并不使用语言，而是泪水和哭声，比如毕业离校的时候，比如多年以后与同学的相见。

胡吉省来了。他和我交往虽不密切，但真诚、朴实，给我留下的印象很深刻。他从浙江回母校，主要是做访问学者。某天晚上，我和李景章相约陪他到张旭家喝酒。喝到深夜，张旭家里储存的酒全部告罄。大家意犹未尽，最后把做菜的大半瓶料酒也顺进了喉咙。返回师大时，已经月明星稀。在新街口阒无人迹的大街边，胡吉省忽然抱着我们号啕大哭，反复自责道：“我最大的缺点，就是直爽啊！”我们陪他坐到天亮，知道善良、质朴的胡吉省分回金华，并不如意。但是多年以后，凭着执着与定力，他已经成为学界翘楚，不仅写出了《死亡意识与神话》等高水准的著作，而且主笔《中国学术年鉴》。

班长张文澍和团支书曹慧，曾经这样评价“479”三班的同学：“唉，省心的不多呀。”

我知道，三班的同学爱流泪；我更知道，爱流泪的不惟三班，因为泪水与真情伴生；我还知道，班长和书记也是在劝勉我。我虽然留校了，但辞别京师势在必然，因为性格决定命运。果然，教了三年“大学语文”后，1986年7月，我摇身一变，也成了外地同学。临行前，已经在人民大会堂做了外事处副处长的张文澍，专程赶到母校，递给我两张稿纸。我展开一看，工工整整的启功笔体，写着《送李惊涛东归序》——

“东胜神州，古多邃邈神奇之事，《西游》其著者与？李生少负旷达之志，游京学七载，其思益弥高，其才益奇，其智益睿，尝于母校教授大学语文凡三年，育英才，繁著述，所成云泓。

“寻以家事讯东归，其乡父老将愕喜谓之怀抱利器，展才故土，荣耀闾里亲族也与？

“予与李生交亦有年，固稔知其为人矣。彼为耿介之人。予与彼，或尝有小疵，至不相与语有日。然及予遘难，则骞然起，起予于难薮中。彼以义为心若此。又为懋德之人。彼于同学之列，为有才矣，有貌矣。然漠不以为傲物之本，功成道满日，乃与乡居之淑女子旧相挈者偕琴瑟之好，为人所不及。其性不为物势所移若此。且为宏才之人。在学中，予已见其习业之长，所览所专无不异乎他人。又长丹青，举凡中西今古绘事者靡不览焉。近手艺益博，功益苦，于当代小说、现代派诗歌皆有真知灼见。泛言中，时出隽语，一快人心。其聪俊颖异若此。

“今生归，交游弥亲而同处日浅，足令人起树人先生‘故人云散尽’之叹；然反思之，彼以耿介、懋德、弘才之质，驰辔故里，与乃二贤兄长比肩，可不持苏省一偶文艺之擎天柱乎？李生勉乎哉！”

27年后的现在，我在电脑键盘上录入上文时，节令已经是秋分，但我依然汗流浃背。我知道不是杭州此刻32度的气温所致。渗透了兄长般厚爱的文澍的序文，足以令我终生汗颜，不管我的生命进入了哪个季节。班长古文功力深甚，后来专攻元曲，获得了母校的博士学位。论著《元曲悲剧探微》学贯中西，思接王陈；近25万字，以文言文一气呵成，令人叹为观止。

孔雀东南飞，五里一徘徊。1988年秋天，我重回北京看望同学。刘经建和朱瑞平，那时已经在母校读研。张文澍和曹慧又召集留京同学李雷、葛菲、蔡向东和徐承敏等，欢聚一堂。如今的中国人民解放军大校蔡向东和徐承敏，那时刚被授予上尉军衔。聚会后，他们特地换上新发的墨绿色制式服装，英姿勃勃地大家一起合影留念。

徐承敏忽然发现，蔡向东制服比她的多了一枚图案别致的臂章，十分不平："总后要求等通知再戴，你怎么擅自别上了？"蔡向东笑眯眯地说："发下来，就是为了戴嘛，等什么通知？"徐承敏说："那你至少知会我一声呀；风头都被你抢了。"

我时常看那张照片，看合影里青春勃发、眼睛闪亮的同学。我也注意到，当时自己身材消瘦，穿一件咖啡色格子西装，目光专注，自以为能够看清缓慢流逝在前方的四分之一个世纪。那以后的二十多年，我做过《连云港文学》编辑部的编辑、副主任、主任、副主编、主编和文联的秘书长；做过连云港电视台的台长助理、副台长和台长；出版了长篇小说《兄弟故事》、中短篇小说集《城市的背影》和文艺论文集《作为文学表象的爱与生》等，加入了中国作家协会和电视艺术家协会，担任了江苏省作家协会和电视艺术家协会的理事。但是对照文澍兄的"李生勉乎哉"，我知道，这些都算不了什么。特别是，时至今日，我得承认，1988 年秋天的那张照片里，我注视着未来的眼睛，实际上看得并不辽远。

但是同学看见了在中国东部那座沿海城市辛苦辗转的我，纷纷前往看顾。女生有王晓娜，送给我一只镶有"五牛图"的金箔相框，希望我葆有生存耐力；有曾大力，送给我一本禁书《查泰来夫人的情人》，希望我突破写作樊篱；有葛菲，送给我她亲自翻译的德文著作《懒人有福》，希望我不至过分劳顿；有吴伟凡，送给我一只硬壳提箱，希望我整理好路上人生。男生有刘玉畅，有陈晓虎，有邓民兴，每每畅饮畅谈，通宵达旦，让我深切地体会到了同学关爱和兄弟友情。特别是李景章，已经不单是看望我；在那座城市里，差不多一起生活了三年，在人生的冬季里，共同用文学取暖。

也许，"479"三班同学的血管里，流淌着相似的血液。最终，就像班长张文澍当年弃官不做、复回高校那样，我再别故土，重登钱塘江畔一所大学的讲坛。得知我来到杭州，葛菲相约了顾国星，结伴驾车驰来。葛菲就像家姐那样，一直关切地注视着我的人生轨迹。她视野高远，才情高洁，即使远在异国，隔山阻水，你也能够感受到她目光的力量和温度。顾国星在上海农展馆，已经做到办公室主任，属资深领导，却依然像在北师大读书时那样，文雅平和，善解人意，周到细心。面对已知天命的老同学，他的笑声让你感觉到，时光可以倒流，青春能够再来。远道自驾来杭州下沙的，还有蔡建华夫妇。蔡建华，是“479”三班公认的仁义大哥。他对年少同学的关心与提点，令人多年以后回忆起来，还像嘴里含着奶糖一样，备感温馨。周莹在我们心目中，则是亲切的大姐。她为了妹妹和女儿，从广西大学调入绍兴越秀外国语学院。在最短的时间里，她为那所高校成功申报并创办了对外汉语和新闻出版两个本科专业，显现了令人讶异的专家水准。她来到浙江，不仅立即与我取得联系，还为越秀外国语学院和我所在的大学搭建了合作桥梁。刘玉畅，在我工作过的北京、连云港和杭州，来往无疑是最多的同学。听说蔡建华和周莹要到我杭州的新家来，他第一时间从南京赶来相聚。令我惊喜的是，不久蔡向东也因为军务莅临杭州视察。在我看来，他当得起“479”当年的黑格尔。从北京调回江苏前夕，我向他索要过一件纪念品——他的毕业论文《我对〈野草〉基本思想内容的一点理解》。在我北上南下的27年里，他的论文手稿，始终是我箱奁中的重要藏品。我陪蔡向东夫妇登上了钱塘江堤。有如天意神助，一线江潮从东向西滚滚而来，为我们适时演示了钱塘大潮“壮观天下无”的景象。

转眼间，杭州在我面前草枯树荣已经六个轮回。此间不是每位来到西子湖畔的同学，我都有缘相见。胡吉省已经两次来杭州参会，每次给我打电话，不是我在上课，便是他逗留时间过短，来去匆匆。李雷率队来杭州游学，提前一周致电，也因为机缘不巧，竟至错失良机——他率队去了乌镇。对此我深感歉疚。他用手机短信给我发来一首偈体诗："你我皆过客，世事尽浮云。三生石上问，何物是神马？"

看了李雷的诗，我若有所悟。李雷，是"479"悟得天、地、人道的"大神级"同学。在上个世纪八十年代初，他率先探索小剧场话剧，在中国的大学里首排鲁迅象征主义诗剧《过客》，并邀我演主角"过客"。在导演阐释剧作的过程中，我对他的思想深邃、手法先锋、表达另类深有感触。毕业揖别，在学校给毕业生备下的留言簿里，他为我刷刷地写下了这样三行字——

老人：孩子，让我们继承下来吧？

青年：不，让我们检验一切。

一束追光，打在20世纪的舞台上。

这三行赠言，堪称中国话剧史上最短的剧本：有人物，有对白，有情节，有矛盾，有观念冲突，有戏剧情境，有舞美设计……一部话剧所需的主要元素，它都具备。你能想象，这样的短制，是一个同学随手写给另一个同学的临别赠言么？在中国先锋话剧界，他与师弟——北师大中文系80级的牟森一道，曾经引无数英才竞折腰。没有见到李雷的面，收到了他的诗，我后来想，也许并不逊色于见到他；因为正应了一句中国书信体用语——见字如面。如果见了面，也许就失去了他写偈体诗的可能性和条件了。两相权衡，见，倒不如不见的好呢。

事实上，大学同学见面，时间节点很多，就像上帝为了弥补某些缺憾专门设立的一样。2009年秋天，"479"迎来了120多位同学入学30周年的日子。北师大校友会向大家发出了热情的呼唤。此时，大多数同学已经步入了人生的秋季。有的治学大成，有的晋级加冕，有的周游列国，有的子女绕膝，有的冲天一怒为红颜，有的挥手从兹去，没带走尘世一片云彩。那次聚会时，"479"三个班的同学，相见时难，相逢一笑，不管是谁，不管什么样的境遇或境界，面对变幻的世相，守望不变的，还是30年前“479”的真诚时空。二班同学薛继军，早已是中央电视台编委。他从央视带了一个机组到达现场，摄制了大聚会的场面，为每位同学留下了人生中的珍贵时光。那次聚会，朱瑞平和尚学锋给了我一个重要建议：把孩子送出国，留学去！他们富有说服力的观点是，中国的现代化发端于西方，得益于列强。孙中山、邓小平、鲁迅、郭沫若、钱三强、钱学森，哪一个没有留学背景？未来中国，殊无例外。当天晚上酒席结束后，我已经下定决心，回家动员和说服本科已经毕业的儿子，出国读研。决心已定，心情甚佳，我又约张旭、陈晓虎和刘玉畅等同学，到距离下榻酒店不远的簋街，添酒回灯重开宴，一喝再喝；并相约了二班的梁谷子畅叙，不知东方之既白……

相对于入学30年聚会，堪称盛大联谊活动的，当属北京师大百年校庆。从1902年到2002年，木铎金声将北师大从一个世纪初送进了又一个世纪初。令人难忘的是，那次的“479”大聚会，三班报到人数最多，组织最好，以至最后一、二班的同学，纷纷被吸引到三班聚会大厅。甚至有同学建议将横幅“北师大中文系七九级三班联谊会”中的“三”，直接改为“仨”。

那次百年校庆聚会中最令人动容的，是“479”三班同学，为班长张文澍和支书曹慧补办的一场婚礼。他们两位都是北京知青，同时考取同一所大学、同一个专业，分进同一个班级，同时被选为班干部，本身已是佳话；而我们很少有人知道，他们两人入校前，早已相识、相知、相恋，只看见他们成为班长和书记后，四年里为同学操尽了心。1983年毕业后，曹慧分到北京语言学院；张文澍则进入重要机关人民大会堂。但是，治学从教的梦想，在他心里一刻也没有熄灭过。最终，他重回北师大，进入古籍所。20年时间过去了，简单组成家庭后便忙于教书育人、著述立说的夫妻俩，甚至还没举行过结婚仪式！哪个时代、哪个国家，你还能寻找到这样的知识分子范本？我和大学时最要好的“铁三角”之一赵廷昌谋划了一番，向活动秘书长蔡向东提议，全班同学给班长和书记制造一个惊喜。倡议得到大家一致赞同。在蔡向东力推下，赵廷昌，“479”三班艺术一脉的重量级人物，担任司仪主持。这位能够将编剧、导演、表演各种艺术禀赋集于一身的校话剧团的中坚力量，一口应承。我和他一同游说了晚上聚会的一家蒙古包式酒店的领班，安排了乐队，设计了灯光。同学们鱼贯入场后，班长和书记次第走进席宴间。忽然，乐声大作，灯光齐明，赵廷昌富有磁力的男中音响起来了：新娘、新郎入场！……

我们相信，那一瞬间，张文澍和曹慧的眼睛湿润了。人的一生，可能会有很多幸福的瞬间。但是，当事人没有心理准备却忽然面对众人自发呈现的爱意的瞬间，并不多见。那种爱意里，有祝福，有爱戴，有感激，有期盼，万千心意，尽在其间。在赵廷昌的主持词和同学们的掌声与欢笑中，他们笑了，拥抱了，亲吻了；也醉了，哽咽了，流泪了……“479”三班的同学，真不让他们俩“省心”啊！

从北师大毕业，已经30年。寒来暑往中，同学们你来我往，来来往往。写到这里，我忽然理解了，为什么北师大校友会又在今年十月三日，吹响了大聚会的集结号。我相信绝大多数同学，会应召前往。当然，也会有同学因为不可抗拒因素而难以赴约。但校友会的发起人和组织者想到了这一层，要求每位“479”的同学写一篇五千字的文章。这样的考虑，令人感动：要么见面；要么见字如面。因为，每次相见的机会，都将十分珍贵；每次聚会的场面，必定令人难忘。如果哪一次，谁没参加，自己会感觉惋惜；谁缺席了，同学会视为遗憾。原因只有一个：中国只有一个北师大，北师大只有一个“479”。

2013年9月24日

火车票

就那么走到一起来了，在 1979 年初秋。43 个同学，来自全国各地，操着不同的口音，抵达北京师范大学中文系报到。同学里，出现了一个妈妈般的女生，亲热的东北口音，略显丰腴的身材，帮大家拿行李，换饭票，安排床铺。背地里，很多男生喊她“晓妈妈”，女生则喊她“家姐”。有人揣测，她想入党。全班同学到齐了，班主任骆增秀召集大家开“见面会”。第一个作自我介绍的，是蔡丹丹，声音特别清脆，说，我叫蔡丹丹，北京的。她后来做了校广站播音员，和我一道。

轮到那位东北口音的女生了。她介绍道 :“俺叫王晓娜，大连人，党员。”

呃，那就不奇怪了。很多同学在想，党员，为人民服务，应该呐。

那以后，大家果然就安于看她打扫宿舍、楼道、教室和厕所，看她在寒暑假日中送往迎来，看她义务献血，看她为困难的同学匀出饭票，缝缝补补 ；偶尔，还以异样腔调对她唱道 :“党啊，亲爱的妈妈！”这时候，就看见她两颊飞起红云，以牙齿咬断针线，嗔道 :“去！有你们这样的孩子吗？”

每年年终，都投票评她为“三好学生”，算是酬劳她一年辛苦。

京师四载，转瞬即逝，大学毕业了！

校园广场，行李堆积如山。烦琐的托运手续，令人眼花缭乱的行李票，没完没了要填写的“一式四份”。大家想着分配、报到和新的岗位，看着广场上纷乱的景象，听着鼎沸的人声，心乱如麻。终于等来了火车票。脸庞晒得黑红的王晓娜手握一大把票证，招呼大家签字认领。拿到手，各人细看：始发站，终点站，时间，列车班次……忽然，持票者如汹涌的潮水奔流而回，席卷了王晓娜：怎么搞的？与行李票对不上号，全乱啦！

怎么可能？王晓娜说。怎么不可能？大家说，并且把车票一张张递到她面前。王晓娜接过车票，开始核对，晒得黑红的脸庞渐渐发白。怎么办？她两手哆嗦起来。行李车早已开走。

“我……去换。”我们看见，泪水顺着王晓娜焦急的脸颊开始往下流。她匆匆转身朝校外走。她有些踉跄。她的长袜上沾满尘土，连衣裙被汗洇湿，背影印满众人的不满，于酷热中消失在人们的视野里。

蓦然，有人喊道：“咱们，都是些什么东西？！”众人一激灵——想起王晓娜已经在火车站排队站了两天两夜；而现在，她又要顶着烈日，步行两站地，换乘三次车，去火车站换票。当然，在做这一切时，她是党员，但同时，她还是个干什么都很吃力的女孩子……这后一点，最近那两天，不，大学四年，甚至没有人想起来。

火热的夏季！白花花的太阳！

……

王晓娜毕业后分配到中华全国总工会，后来调回家乡，执教大连外国语学院。2001年，她到南京大学攻读语言学博士；毕业前夕，编著出版《新时期的语言学》。其时，我也像王晓娜那样从北师调回家乡，进入连云港市文联做文学杂志社编辑；后来，又调入连云港电视台工作。王晓娜与我相约，让我把自己的文艺论文集《作为文学表象的爱与生》，与她的著作一道交由中国文联出版社出版。此间为联系出版事宜，她带着一幅《五牛图》金铂画到连云港看我。因为书籍封面设计与文稿校对，我也多次到过“南京大学出版社印刷厂”。与王晓娜见面次数多了，不免忆起往事。我说起毕业前夕因为火车票与行李票对不上号的事情，对她郑重表达了迟到的歉意和愧疚。

哪里呀，王晓娜说，我怎么不记得有那样的事？

我说，你为我们同学做了很多好事，当然不是每一件都记得。

不。王晓娜说，火车票的事，我还有点印象。当时你是留校的，不是你陪我去北京火车站换票的么？

呃？我一时愣在那里，怎么也回忆不起具体情景。不可能有这样的事，我说，我真是想不起来。

你看，王晓娜笑着说，你也有不记得的事情吧？

2013 年 3 月 16 日

丛林故事

1983年8月，我开始工作了，但并没有“走上社会”，依然是在北师大。我被留在中文系“大学语文教研室”，给天文系、历史系、艺术系和心理学系讲授“大学语文”。教研室主任是张之强先生，教师有朱家珏、李守平、刘翠宵、邹红和黄松坡、吴则林、冯胜利和周星。他们有的是文革前毕业的，有的是工农兵学员，有的是恢复高考后前两届毕业生。我是79级，算学弟了，感觉备受呵护。第二年，教研室又添了80级留校的张丽莉、江勇、安东以及来自武汉大学的吴雪。张之强先生后来搭班子重写《大学语文》教材，没吸收80级的参加，我做了编写组的殿军。同学刘经建从宁夏出差到北京，来师大看我，说，从前你是在这里念别人写的书，现在又在这里写书教别人念。

那时候我写的，除了教研室将要出版的《大学语文》和教辅书，还有文艺评论和小说。在给历史系的方志班上课时，有个叫张建章的中年学员，傣族人，喜欢创作，和我很谈得来。他的汉语虽然是粗通，但生活阅历和作品产量都很丰富；毕业后回到云南德宏傣族自治州方志办，写了许多关于地方宗教的书。当时他给我看过一部中篇小说，叙述中缅边境丛林里的冒险故事。开篇写道，一对青年男女到缅甸旅行结婚，大巴车到了边境检查站接受安检时，新娘子探出车窗纳凉看风景。突然，丛林里窜出一个强人，手起刀落，那女子搭在车窗外戴了戒指和金镯的手臂，便掉在了地上。行凶者捡起断臂，一晃，就消失在丛林里。新郎又惊又怒，拉开车门就追了出去。刚追两步，忽觉应该先救人；返身回到车上，新娘已经血流如注。待救护车翻山越岭赶来，伤者已告不治。结婚旅行就这样成了死亡之旅。新婚成鳏的男人发誓复仇，就此在丛林扎了下来，打入匪帮，开始了他的寻仇冒险生涯……

这个开篇，令我历久难忘。但小说后面的情节，主干乏力，枝蔓甚多，卑之无甚高论。张建章打来散装啤酒，我们抽着雪茄味的“天坛牌”纸烟，“就汤下面”，七拼八凑，做了个“好莱坞式”的通俗故事——

为了取得匪帮信任，那男人竭力表现，终于入伙，却迟迟没能发现仇人。在这个过程中，匪首的千金却相中了他，要他入赘；无奈中他只好应承。匪首年迈，让乘龙快婿接替山大王的位置；阴差阳错，他成了匪首。常年带着喽罗们杀人越货、啃聚山林，他不堪其苦，终于打算放下屠刀，金盆洗手，带着女人远走高飞，隐遁异国他乡。

这样的浪漫主义结尾，让年轻夫妇实现了愿望，当然也可以了结。但是我们啤酒喝多了，意犹未尽，继续设想另一种可能性。众匪察觉此人良心未泯，军心涣散，士气低落。老泰山嗅出隐患，再度出山执掌营寨。那男人渐渐感觉危机四伏，选择了一个月明星稀的深夜出逃，却因为匪首的千金收拾细软时败露天机，终于导致杀身大祸。老泰山对叛逆的女婿果断地执行了家法；而行刑的，恰恰是那人寻找了多年的杀妻仇人。这就有了戏剧性。仇人挺着快刀，举过头顶。在手起刀落的刹那间，模式化思维对我们形成了干扰。匪首的女儿忽然跪倒在地，哭求老父亲放丈夫一马；毕竟一日夫妻百日恩。老匪首怒斥了女儿的儿女情长，谓留下活口，山寨遭殃。几乎是必然的，匪首的女儿忽然拔出土枪对准自己的脑袋，说，他死了，我也不活！僵持片刻，我对张建章说，你猜那山大王说什么？张建章已经喝了半塑料桶啤酒，思路开始混沌，说，还能说什么？那就成全他们俩，一块儿死？不，我像山大王那样一声叹息，说，死罪免去，活罪难饶，卸他一条胳膊吧。

卸胳膊的灵感一来，通俗故事应该俱备的元素，基本上都有了。也许曾经剁过那人未婚妻胳膊的快刀，在跪地就戮的男人头项上飞快地掠过。他感到左肩一凉，接着才听见了“咔嚓”一声。声音似曾耳闻。那是几年前，中缅边境安检站旁停靠的大巴车上未婚妻遭难前的声音；在那男人的灵魂深处多次回响，令他时常彻夜难眠。

小说到了这里，当然可以作结了。望着桶里残存的一点啤酒，我感觉还应该有个尾声。又过了几年，中缅两国联合清剿山匪路霸的行动开始了。在官方武装飞快行进的队伍里，有个身手矫健的中年向导，读者不会感到陌生。他的一只袖管空空荡荡，随风飘扬，像一面指引方向的旗帜。

这样的故事，生死歌哭，看着热闹，实际上是散装啤酒喝多了的产物，不久便被我们一笑置之。

2008 年 8 月 12 日

女鬼

在北师大留校后，我住进了教师宿舍，就是北京所谓“筒子楼”，待遇是四人一间。同届毕业留校的傅德林、黄水龙、罗春生和我，开始“同居”。四张高架床，人住在下面，上面放箱子，卫生间和水房是公用的。多年以来，那情景时常出现在我梦中。平时吃食堂；偶尔也和老傅合伙，用煤油炉在走廊里煮挂面。有一次煮好了面，老傅蠕动着喉咙，正期待着，我用筷子插起锅的两个耳环，一端，整锅面倒在了地上。

傅德林是一班班长，毕业时已经超过30岁；处了个北京女朋友小牛，结婚用房成了梦中之梦。两个人谈恋爱，冬季里没去处，只能在马路上逛，冻得瑟瑟打抖。那时候没有“双休日”，每到周六，我和历史系的黄水龙、物理系的罗春生都要躲出去，让他们俩“取暖”。

后来，黄水龙南下深圳，投奔特区创业去了；小罗也考了公派留学，漂洋过海去了美国。为了成全老傅和小牛，我鼓起勇气，找系办公室王宪达主任商量，看能否搬到主楼六楼西侧古汉语教研室的隔壁房间住。那里原来是仓库，也是许嘉璐先生与人谈话的内室。王主任给予了理解和支持，我打扫干净后搬了进去。

同事李守平在家里专门为我做了两幅巨大的窗帘，遮住南向的阳光。而我在北京学习和工作了七年，始终把南看成西，怎么也转不过向来。

在那里住到了1985年秋天，我碰到了一件意想不到的事情。

一天夜里，11点多的光景，我正在看书，听见滴滴答答的滴水声传过来，似乎是卫生间的水龙头没有拧紧。伴着滴水声的，还有窗外秋风吹着楼下塔松的啸叫。我忍不住走到卫生间，发现水龙头拧得很紧。滴水声不知来自哪里；或者，是夜深人静时我想象的产物？出了卫生间，看见日光灯惨白惨白，照着六楼寂静的走廊。走廊里阒无人迹。西侧现代文学教研室的蓝棣之先生，东侧与办公室秘书李秋月合住的尚学锋同学，那天夜里，都不在。

我回到房间，关好两道门，坐下，感觉某处的滴水声依然似有若无地响着；窗外呼呼的风声，仍旧一阵紧似一阵。心里正生出丝丝缕缕的疑惑，忽然听见了震耳欲聋的敲门声！我拉开里面的门，又拉开外面的门——

一个披头散发的女人，赫然出现在我面前，拎着猪的一副血淋淋的内脏，朝我龇牙一笑……

第二天，我惊魂甫定，两个眼圈都是黑的，到办公室找王宪达主任，跟他说了头天夜里的遭遇。

他与其他老师会心一笑，对我说，哎，忘了提醒你了，那是师大文革时一个受迫害的女老师，疯了；经常三更半夜敲人家门，推销猪下水。

2008年7月4日

讲 座

在北师大留校任教后，第一年做助教，中文系即要求我给天文系学生讲授“大学语文”。虽然是本科生面对本科生开讲，但对我来说，毕竟是文科生给理科生上课，自己并不发怵。教研室既信任又负责，派朱家珏老师来听我的课。那堂课，我控制得恰到好处；最末一句话刚落音，下课的电铃就响了。朱老师说，小李子，你讲得好，真会把握时间！

后来，我又陆续给历史系、心理学系和艺术系新生开设了“大学语文”课。讲得顺了，装甲兵学院到北师大中文系求助，教研室又点我的将，派我到那里讲授“大学语文”。我走进装甲兵学院的教室，发现听课的全是着装整齐的军人。讲到北魏诗歌，学员们让我对“碧玉破瓜时”的“破瓜”进行解释。我说，什么叫破瓜？意思就是女子成年了。学员追问，为什么女子成年了叫破瓜？我按《说文解字》解道，“瓜”字，是两个八，二八一十六，把瓜分开就是十六；十六岁了，就是成年了。学员们一阵哄笑。过了很久，我都不知道他们为什么要哄笑。

北师大的教工单身宿舍，是一座四合院式的筒子楼。我们助教住的那座，在西侧，靠着一条南北向的水泥路，路西便是电化教室，听讲座十分方便。上个世纪的八十年代初，王蒙等刚刚“解放”的作家，被誉为“重新开放的鲜花”，经常受邀，在那里开文学讲座。

当时，西单的“民主墙”还没有拆掉，诗人叶文福的诗歌《将军，您不能这样做》，由于愤激地斥责一位将军下令拆掉幼儿园为自己建别墅，正引起全国很大反响。给我们讲授诗歌创作的杨聚臣老师联系了叶文福，到电化教室开讲座。为了将形式做得活泼些，系里让我和同班的女同学蔡丹丹，在开讲前先朗诵诗人的作品。蔡丹丹是北京人，与我同时北师大广播站的播音员，声音非常好。我们慷慨激昂地朗诵了一番，身着军装的叶文福才登上讲台。他环顾全场，突然向听众展开双臂，用嘶哑而又昂奋的声音说：

同学们，我是多么爱你们啊！

全场霎时愣住，过了几秒，响起了热烈的掌声。由于当时有人讽刺写政治诗的“不是诗人”，叶文福把手向斜刺里一劈，说：

是的，我不是诗人；
诗人是很高贵的，他们白皙的手，
经常端着可口的香槟；
而我的双手，却长满了老茧，
沾满了枪上的黄油、地里的黑土，甚至大粪！
我也不会写诗，
诗歌是很高雅的，诗人的稿子，
是上帝的手纸！……

掌声再次雷动。接下来，叶文福慷慨激昂地作了演讲，激起一阵又一阵潮汐般的掌声。此情此景，让听众里的一位教育系的女生很不安。她后来给中央写了封信，意思是思想教育要花费很长时间才能取得的效应，让叶文福一场讲座就给毁掉了。中央重视起来，派员来北师大调查，杨聚臣老师受了处分。邓小平后来在一次讲话中特别提到那次讲座，指出改革开放以来“最大的失误是教育”。讲话被收进了《邓小平文选》。

被解放的“右派”作家刘绍棠，也被邀请来举办讲座。他把“恋爱”读成“孪爱”，并不觉得自己念了错别字。有同学在台下问，刘克在小说《飞天》里，写女主角被“谢政委”欺侮了，刘老师怎么看？刘绍棠说：

没什么大不了。很不幸吗？有我在文革中的遭遇不幸吗？

全场轰然，接下来是起哄。有人当场将座位板“啪”地掀起来，扬长而去。

刘绍棠不为所动，沉着地讲完了他的讲座。

也许在他看来，比起文革期间遭关押、被批斗的遭际，几个听讲座的高校学生现场“呛声”和拍案而去，确实算不了什么。

2008 年 7 月 5 日

与大师共生

三十年前的九月，我到北京师范大学中文系读书。第二个月，全国第四次文代会就在北京召开了。十月，据说是京城最好的季节。确实，那时候中国首都的天气和北欧差不多，天蓝，云白，杨树在干净的阳光下发出沙沙的响声。系主任钟敬文先生，鲁迅同好，亦是四次文代会代表；在他引领下，我们得以旁听文代会的座谈。

在那个凉爽的秋季，一些老人在我们四周，或站，或坐，或纡徐和缓，或沉郁顿挫，或慷慨激昂，或从容淡泊。他们的名字，让人永远无法忘记：茅盾、巴金、曹禺、冰心、夏衍、艾青、叶圣陶、沈从文、沙汀、艾芜、朱光潜、萧军、楚图南、萨空了、叶君健、俞平伯……现代文学史的创造者们，就在身边南腔北调，恍惚间“时光倒流六十年”，我们开始迷失在历史的大街小巷中，与大师巨擘们熙来攘往、摩肩接踵。

旁听持续了两天半。在座谈结束的傍晚，艾青深情地回忆起郭沫若，才把我们倏乎间抛回到上个世纪七十年代末。的确，就在我到北京上学前夕，1978 年，新文化运动的旗手郭沫若先生，还戴着助听器对着麦克风热情洋溢地高诵：“日出江花红胜火，春来江水绿如蓝。让我们张开双臂，拥抱这科学的春天吧！”那是在全国科学大会上，作为中国科学院院长的郭沫若出于对中国进入新时期的欢欣所发出的诗人特有的呼唤。富有感召力的四川口音，曾经使作为高二学生的我热血沸腾。但是熬过了“十年浩劫”的郭沫若先生，终于没能熬过病体的折磨，与第四次文坛盛会擦肩而过。而他主持第三次文代会的1960年，恰是我来到世界上，聆听与心灵有关的文学之音的时候。

现在，21世纪。虽然曾经与大师们共生，一同走过20世纪，虽然也曾经从大师那里感受了不少的光和热，但是，我得承认，万丈红尘最终还是淹没了我。因为像我这样的作家，在中国，保守的估计是至少有五六千。而目前可望与大师比肩的作家，在中国文坛至多不过数十人：莫言、余华、阿来、苏童、赵本夫、朱苏进、刘震云、贾平凹、张炜、迟子建、方方、池莉、王安忆、史铁生、刘恒、王朔、杨争光……这些作家，有的已经进入当代文学史，进入我的梦想。他们中间有很多，远比我年轻。而那些创造了现代文学史的大师巨擘们，显然已经成了我的梦中之梦。

我再次与可能成为大师的作家们共同生活在21世纪；而与他们表浅的点滴交往，已经开始朝此刻的字里行间渗透，就像我前文回忆二十二年前旁听全国第四次文代会的座谈那样。这是一个应当羞愧的危险信号，似乎这篇在两个世纪之间骑墙的回忆是为了借光。事实上，我只是想说出一个必须拿出勇气来面对的现象：大师就是大师，一如普通人就是普通人，不管你是否与大师共生。

当然，也许我们应该更加冷静地思考的，是这样两个问题：一是大师如何成为大师，普通人何以成为普通人；二是两者之间是否会彼此消长，而不只是以在共生的过程中大师与普通人相互需要来自慰。

各位，不要再继续伪装普通人了！ 2007年重回高校后，我站在讲台上对学生这样说。

学生们听了，有的眼睛一亮；有的，却噗呲一笑。

2013年1月20日

春 寒

1984年深秋，C同学在另一个同学家里对我说，她已经和他摊牌了。

C同学说的“他”，是她的男朋友关键，我们见过。

他就是用鞭子抽我，我也不会和他相处了。她说这话的时候态度很坚决，咬着嘴唇，胸脯起伏着。我相信她的激动与忐忑，但我没说话。

我可以等你。她说。

我知道，她在等我表态。但我刮得青亘亘的脸上，没有任何表情。因为我无话可说。这是深秋的北京，电影学院宿舍区。落叶在室外随风起舞。算起来，我们大学毕业已经两年，C同学也该有23岁了。

入学那年，我17岁。她幽幽地说，咱们成为同窗，一起在大学广播室做播音员，一起为出版社灌散文录音带，一起在和留学生联欢的晚会上唱《哦，约翰，这可不行》……那天晚上，月亮真好。

我记得那次和留学生的联欢会，也记得当时合唱的那首歌。歌词大意是，一个叫约翰的小伙子，看见远处高坡上站着一位少女，便主动走过去，称赞对方的美丽，希望和女孩交朋友。没想到女孩却说，“哦，约翰，这可不行！”然后说了一大堆理由。但“现实版”的情景，刚好相反。

我得走了。我站起来说，明天我还得给艺术系的学生讲《背影》。

她坐着，不说话。

我在家乡已经有了女朋友，我说。再说，关键是个好小伙子。

不要你说！她尖声叫道。

我辞别了C同学，走了。秋风飒飒。街上行人稀少。我没有回头。在这个世界上，许多事情不必细说，许多事情无法说清。我将背影留给了那位C同学。

冬去春来，我从北京调到中国东部一座沿海城市的文学杂志做编辑。临行前，在京工作的大学同学为我饯行。C同学也来了，浓妆艳抹，打扮得像巴黎时装女郎，高声谈笑，当众指责我只有一米七几的身高，说是“二等残废”。我忍气吞声，直至席终人散。

不久，离京的火车票也订好了。打点行李时，我接到另一位同学的电话，说C同学已经住进了北京友谊宾馆。我一时诧异：友谊宾馆当时在北京是涉外宾馆，她怎么会在那里？

她可能要嫁给一个德国人，我的同学说，这还不都是因为你！

……怎么会“都是因为我”？

同学告诉我，C同学曾经到北师大中文系又找过我两次，我都不在。见不到我，又听说我要调离京师，她又去找旧好重叙，也被拒绝。所以，一怒嫁给了老外。

瞎说。我嘴上说着，内心却苦涩而又不安，竟至辗转反侧，难以入眠。

……我被叫到系办公室接电话。电话是从友谊宾馆打来的。正是C同学，邀请我宾馆去玩。我似乎很快便赶到，见C同学在门厅迎候着，表情复杂，欲言又止，将我引到客房。房间里，有一个看上去保养很好的大腹便便的外国人。她红着脸向我介绍：这是我先生，汉斯，德国的。我们打算后天举行婚礼。

我感到血脉贲张，眼前的两个人瞬间变得模糊起来。我强忍住，说了些“祝贺你们”之类的礼节性话语。那位德国人身上发出的浓郁的麝香味，使我难以久座。我起身告辞。德国人惶惑不解地送我到门口。我的行止大概看上去像个狭隘的民族主义者。

C同学脚步惶乱地追我到门厅，叫住我，说，汉斯是东德的，还是个共产党员呢。说着，眼睛里涌出泪花，神情无限怨尤，伸出手来说，你一定会来参加婚礼吧？

我就要走了，今天夜里的火车，票已经订好了。我说，今天来，也是向你告个别。

我没有与她握手。因为，到友谊宾馆看望那位女同学，只是我当天夜里的一个梦。

当然，我也没有参加她的婚礼。后来听说，同学们也很少有出席她婚礼的，并私下里纷纷痛斥我。C同学没有得到任何祝福，在料峭的春寒中，随她的汉斯到东德去了。

28年后的一个夏天，C同学回国省亲，委托一位驻京同学广邀全国各地同学赴京聚会。召集人电话告诉我，如今，C同学一个人生活在西班牙，在中西间做旅游业务；让我无论如何去趟北京，见见她。

这时候，我已经年过半百，工作也发生了很大变化，从中国东部那座开放城市调入南方一座省会城市，重新回到高校。因为课多难调，我最终没有到北京去。聚会后的大学同学像从前那样，再次声讨了我。

什么狗屁课调不了？在聚会酒宴上，负责召集聚会的男同学以家人身份，在电话里质询和怒斥我，我们家的C怎么了？你躲什么！？

我无言以对。

不久，大学同学发来了那次聚会的照片。照片上的C同学，变化似乎确实不大。用召集人的说法，是更加成熟和靓丽了。

而我，不仅皱纹日见其密，头发也早已斑白而稀疏了。

2013年3月14日

风 险

2007年4月29日，儿子在江苏省连云港市第一人民医院出生。我为孩子取了个乳名叫逗逗，希望他有个快乐的童年。亲戚朋友来探视我们的新生儿，看了孩子后便看我们在市区市化路上的房子。那是一座两层小楼，楼层之间有个方型出入口，必须踏着木梯爬上爬下。他们说，鬼子来了，你们家也不怕，可以打“地道战”。

我们在那样的房子里打了三年“地道战”，直到单位通知我，马昭调离后空出的房子将是我的新家。马昭是历史小说家，有成就、有影响，但是在连云港市文联，他却感觉并不如意，又调回了故乡吉林。就这样，我们告别了市化路的两层红砖房，搬进了扁南街扁担巷。

连云港市区南部，流淌着一条扁担河。但是现在，市民只知道“银河购物中心”，却没有扁担河的概念。不断变化中的市政建设，一刻不停地刷新人们关于城市的记忆。事实上，扁担河就在“银河购物中心”下面。我们搬进了马昭旧居，扁担河南侧、市委党校北面的新家。房子也是楼上楼下，隔开楼层的却不是木板，而是水泥预制板。比起从前，显然宽敞多了，大概有47个平方。房子外面有个窄小的厨房。我们在厨房前种了一棵无花果，长得非常茂盛，日久天长，竟也硕果累累。后来，因为烧水在屋里洗澡过于不便，我们花了将近一千元，在无花果生长的地方，新盖了一间小厨房；原来的厨房打了地平，改做洗澡间。夏天，我们买了个黑色的橡胶大水包，放在房顶上，靠日晒提升水温，也算是用上了“太阳能”。孩子在大塑料盆里洗澡，玩得很欢势。那时候，我们并没意识到，他从幼年到童年，会遇到一些意想不到的风险。

我时常出差。岳父、岳母每逢此时，都要从赣榆县赶过来，帮着带孩子。但是，妻弟家里也有一个与他一般大小的女孩，老人时常顾此失彼，很辛苦。后来，我们雇了一个叫蒋春兰的保姆。保姆带孩子的责任心，妻子时常不放心，用了半年，便让她回家了。但好保姆难找，没有保姆更不行，无奈又托人请回来。人却改了名，叫了蒋丽丽，有一次果然把孩子重重磕在地上，满嘴血流不止。

孩子渐渐长大，送到了扁南街自办的托儿所。一天上午，我把孩子送走，躲在楼上写稿子。大约一个小时后，听见楼下传来有节奏的敲门声：“砰砰砰”，“砰砰砰”。我下楼一看，原来送到托儿所的孩子，一个人又跑回家来了！我一把抱起不到四岁的孩子，左右环顾，没有发现托儿所的阿姨相跟着，心里又紧张又后怕。

令人后怕的，还在后头。

这年初春的一个星期天，我带着孩子上新浦人民公园。当时他在市妇联在南小区办的育苗幼儿园，已经上中班。由于在心算、识图、美术和搭积木方面表现突出，孩子时常受到老师夸奖，得过不少“小红花”和荣誉奖章，感觉已经是个有“知识”的人了。我们在与他说话时，也经常说“你小时候”如何如何，暗示是他已经是个“大人”。

进了公园，他像个大人一样，自己昂首挺胸走在前头。我走在后面，正为有些追不上他感到自豪，忽然看见他大踏步向路边的小河跑去。我还以为他发现了什么感兴趣的事物，没想到孩子到了河边，依然没有减速，直接冲进了河里。他的圆脑袋在积满了紫红色浮萍的水面上一晃，刹那间便沉没了。我来不及脱掉外套，紧跟着他跳进了河里。河水冰凉，一下子淹到我前胸。我抓住正在水中沉浮的孩子，用力推到岸上。孩子上了岸，像还没反应过来似的，用力甩着满身脏水，费解地看着小河。我看见他没有呛水，放了心，责怪说，你路走得好好的，怎么突然往河里跑？孩子惊魂未定地看着我，说，我不知道那是小河，还以为铺了紫地毯……

天气是三月份，春寒料峭，我和孩子全身浸湿。四周顷刻围了一圈人。我不再说话，抱起孩子就朝公园外面跑；开了自行车锁，就往家里猛骑。一路上，父子俩全身滴水，十分引人注目。到家以后，妻子莫名惊诧，问我这是怎么啦？并不听我回答，急忙为孩子换衣服，又煮了姜汤让他喝下，连连问，有事儿没事儿？说呀，有事儿没事儿？

孩子喝了姜汤，说没事儿，妻子这才放下心来，转脸听我说当时的情形。几天以后，落水的损失开始显现出来。我在北京工作时做的一件蓝呢子中山装，被誉为“喝茶的衣服”，全家最贵的上衣，随我落水后，皱作一团，再也恢复不了原样了。

我编辑《连云港文学》时，和很多作者成了朋友。张亦辉、谷毅、李建军、陈武，渐次成了我们家来往最频繁的客人。那时候，虽然日子拮据，生活艰辛，但我和朋友们却很充实。冬季漫长的雪夜，炉子里没有炭火，我们彼此用文学取暖；谈起小说创作、叙述艺术、文学现象和思潮，时常乐此不疲，通宵达旦。

朋友偶尔请客，虽没有山珍海味，却也在煮酒论文学中感受到无限乐趣。由于孩子还小，我受邀时常常带他一同“赴宴”；而他吃饱之后，往往趁我们酒酣面赤、激扬文字的时候，一个人溜出酒店玩耍。这时候，幼童养育中的危险，会偶尔露出狰狞的脸来吓人。

有一次，我意识到他长时间不在视线范围内，起身在酒店里四处寻找。没有。问服务员，说，没看见。我霎时酒意全无，出了酒店，到他可能去的电子游戏室、糖果店、玩具店找，到马路对面找，到附近的小学校里找。依然不见踪影。我赶回酒店，对朋友说，别喝了，都出去，帮我找孩子！大家鱼贯而出，一边寻找，一边安慰我：放心，那么大个孩子，不会丢的。但找来找去，几路人马返回酒店，都是空手而归，一无所获。我原本赤红的脸，吓得已经全白了。就在这时，老板说，后院好像有个孩子。我立刻奔到酒店后院，看见我的儿子，众里寻他千百度的逗逗，正蹶着小屁股，用砖头瓦片起劲地玩着沙子呐。

终于，有一次，这种有惊无险的情形，冲破了我心理承受的底线。

那是一天晚上，父子俩“赴宴”之后回家。我骑自行车带着孩子，感觉后轮气不足。下车一看，车胎已经瘪了。看看离家还远，我就从满街行驶的黄“面的”中叫了一辆。那时候连云港市的出租车还没有换代为轿车，小面包车跑出租，不仅可以多人合乘，还可以搭载自行车。司机将我的自行车搬上了小面包车。对世界向来充满新奇感的逗逗，很快爬上了副驾驶的位置。我坐在后面座位上，用手把牢自行车。很快到了市委党校门前，我让司机停了，下车把自行车搬出来，放稳，回头一看，那辆黄“面的”已经开出了十几米。

孩子还在副驾驶的位子上呐！

我心里一紧，拉过自行车就追了上去。黄“面的”绕过通灌路新华书店，往北驶去，速度也越来越快。而我的自行车却难以提速，因为后车胎早就没了气，瘪得像蛇刚蜕下来的皮。追上的希望开始变得渺茫起来。我拼命地蹬着脚踏板，心里想着孩子被劫持在车上万分焦急的情景，眼睛紧盯着前方混在车流里的黄“面的”，感觉喉头泛腥，两腿酸软，自行车在胯下行进吃力，越来越慢，就像是梦魇了一样。

与此同时，那辆黄“面的”却离我越来越远，渐渐地，快要看不见踪影了。

绝望像无边的夜色一样淹没了我。我开始想到报警，想到回家后怎样安慰妻子撕心裂肺的痛苦，想到孩子离开我们以后以泪洗面的孤苦情景，眼前变得模糊一片……

就在这时，前方一声汽笛，车流顿时慢了下来。时常受到人们抱怨的横穿市区的火车，即将通过前面的道口；遮拦车流行人的横杆，落下来了。

泪水刹那间弥漫了我的眼眶。我感谢这列突然开过来的火车！这是救命的火车，我的福音，适时降临的上帝啊！我边蹬车边想，我以前怎么会也跟着别人肤浅地抱怨火车的横穿市区呢？如果不是它在这时横穿过来，我还要蹬着轮胎干瘪的自行车追多远？追得上吗？完全不必用大海落水者看见救生船之类的比喻，我当时那种狂喜和感激的心情，无法形容，也无需形容，我只要再说一遍这个事实，就足够了：你骑着没气的自行车追出租车，这时候，前面开来了一列挡道的火车！

我几乎是扑到了那辆黄“面的”跟前。朝副驾驶的位置一望，我简直不敢相信自己的眼睛。里面没有我的孩子。逗逗没有坐在里面。里面没有任何人。我愣在那里，一时反应不过来。慢慢转过身，我看着闪烁的灯光下停下来的各种车辆，特别是那些乖乖的面包车们，感觉它们也在无辜地回望我。我追错了车？……

我追错了车。待我骑车赶回通灌路新华书店门口，老远便看见那里的公厕旁停着一辆黄“面的”。我的孩子和司机，正在焦急地左顾右盼，不断朝我来的方向眺望。到了跟前，司机不满地说：钱也不给，孩子也不管，骑着个破车朝前窜什么？

我汗流浃背，听着司机的埋怨，第一次感觉埋怨也那么好听，那么让人温暖，那么令人踏实。我掏出身上仅有的十元钱给了他，说，谢谢。然后，也不接他找的零钱，抱起孩子往车上一放，推着就走。

孩子说，爸，你怎么哭了？

我一边走一边喃喃自语，回家了，逗逗，咱们回家。

2007 年 8 月 7 日

都市的品质

杭州，被定义为“生活品质之城”，是最近半年多的事情。《杭州日报》集团旗下的《都市快报》开了一个专栏，叫做“一百个爱杭州的理由”，大意是说你可以用一个短故事的方式陈述你热爱杭州的缘由。

爱一个地方需要理由，这是当下的思维方式。杭州令我想起的，首先是“上有天堂，下有苏杭”的民谚。这当然不能成为理由。对于天堂的向往，是人类的共识，不能是只属于我个人的理由。这让我想起上个世纪八十年代中叶，我从北京调往中国东部的一座沿海城市工作时，虽然没有多少犹豫，却也生出了丝丝缕缕的遗憾。那遗憾是什么呢?

当时，我在北京师范大学中文系教书。那时候的我，有个习惯，就是差不多每周都要到中国美术馆和中央美院的陈列馆去，看画展；看到北京人艺、青艺、中央实验话剧团和中央芭蕾舞团演出的海报，总会想方设法，弄张入场券。我看过意大利文艺复兴时期的原作展；看过董希文的《开国大典》、罗中烈的《父亲》；看过北京人艺的话剧《推销员之死》、《雷雨》、《茶馆》和他们的小剧场演出《车站》、《过客》；看过青艺的话剧《培尔金特》、《贵妇还乡》；

看过北京电影学院演员剧团的《日出》，看过北京芭蕾舞团的《天鹅湖》……后来调离京师，感到与首都依依相惜的，不是别的，正是看画展、看演出带来的那番艺术享受。那种遗憾隐约可以透露出我对都会的留恋，大抵源于两件事情，一个是可以看到高品位的画展，一个是可以看到高档次的演出。

从1986年调到江苏的连云港市，我一口气工作了21年；47岁上，我重返高校，来到了位于杭州下沙的中国计量学院人文学院。再次进入都会，进入“自古繁华”的钱塘，看一流画展和演出的梦想，又油然而生，或者，死灰复燃了。

杭州果然不愧为“东南形胜，三吴都会”。不到一个月，就见有“16—18世纪欧洲经典名画原作展”的消息，赫然登在报上。展品28幅，据说价值800万欧元，免费向观众开放。这又见出经济发达与欠发达地区的差异了。

2007年6月29日至7月9日，令人翘首期待的画展在杭州湖滨路国际名品街如期开幕。观者立刻如潮，甚至有很多外地客慕名而来。《都市快报》次日以“画展第一天队伍排了一百多米长”为肩标，以“有品质的画展有品质的观众杭州的确是一座品质之城”为正题，在第15版上作了整版报道，谓“这样的排队，杭州没有看到过”。报道说，阿里巴巴的总裁马云“低调路过”，看了画展，说最喜欢雷诺阿的《林中少女》；价值85万欧元，也不算贵。报道又说，新华社杭州支社社长方益波看了画展，称喜欢《波罗梅期岛上的浴女》甚于《林中少女》，并透露了自己收藏民间油画的爱好。报道还说，浙大外籍教师史占带着学生来看画展，谓正好可以在高雅场合教学生中文，“因为总不能带他们到酒吧里去学习”。快报透露，当日下午一时半，“16—18世纪欧洲经典名画原作讲座”，在嘉华国际商务中心多功能厅举行，由欧亚艺术董事会主席兼艺术总监庞度其先生主讲，欧亚艺术中国部负责人朱丽娅女士担任翻译。免费聆听，先到入场，人满为止。这就是杭州。

连续多天，杭州市民排队观看画展，蔚成景观。《都市快报》与杭州电视台都作了连续报道。有人说，杭州的市民真幸福，有这样高品位的画展可看；《都市快报》说，有这么多的市民排队看画展，才是这座城市的幸福呐。

7 月 8 日，早已按捺不住的我，约了中国计量学院教务处长易荣华博士和他的儿子——刚刚考上杭州美术名校第七中学高一年级的易宣羽，一起赶往西湖边上的国际名品街。尽管那几天杭州高温，为了两个有美术"情结"的人看展览，对画展本身兴趣不大的易博士，还是亲自驾了车相送。到了地界，早见队伍排成了八九十米的长龙；刚续上队尾，很快就变成了龙腹。排队的过程就是期待的过程。人们兴致勃勃地谈论将要看到的画展，谈论其中若干画家的画风、影响，谈论几天来排队看画展的盛况，谈着谈着，成了"队友"，话题也就广泛起来。一位老人说："过去排队是为了买猪肉，现在排队是为了看画展。"一句话道出了时世的变迁。

太阳渐渐到了当顶。炎炎夏日里，排队已经持续了一个多小时。队伍也像脱水的蚯蚓，蠕动得越来越慢。人们谈论画展的兴趣逐渐被吃冷饮替代。当天，杭州气温高达 38.1 度；衣服穿在身上，烫得皮肤隐隐作痛。适逢此时，西湖边上的杨柳微风也不再轻拂，继而息止；蝉声却渐渐宏大起来。易博士开始不断催促儿子去察看"先头部队"的位置；为了给自己打气，还不时向遥远的队尾望望。终于过来了一位胸前挂有标识的姑娘，告诉大家说，后面的队伍，要有思想准备了；排到展厅前，至少还得一个小时！

事实上，当天上午我们足足排了近三个小时的队，才到达展厅门口。原来为了保证看画的质量，组织者是采取出一位进一位的方式（有点类似公交车先下后上的意思）来维持秩序的。秩序基本井然，虽然观众排成的队伍神龙见首不见尾，却鲜见有插队的。

进了展厅，陡然凉爽起来。展厅不大，每幅画前都有四五位观众拥挤着，探头前望，试图看得更细致些，却听背后工作人员一声提醒：那位同志，不要靠得太近！这当然是善意的。近靠尚且不可，更不要说拍照了。观众中有不少拿着纸笔的少年，“80后”们，认真地记着画家的姓名、简历和作品的名字，以便回去上网查对相关资料。也有一家三口成行的，多是母亲带着孩子边看边讲，令人感动。我和易宣羽交流最多的作品，自然是上了招贴画的印象派大师雷诺阿的《林中少女》、风景画大师柯罗的《树下沐浴的女子》、擅长画神话题材的画家佛斯的《维纳斯向锻造神订做武器》；还有一批风景画和静物画，画幅不大，但极为精细逼真，即使是葡萄上滴下的一滴水，细小如瓜子，也刻画得晶莹剔透，显出原作与印刷品的不同，让易博士叹为观止。

从这些油画原作来看，不说构图和造型功力，就光色关系而言，那些以神话、宗教为题材的古典风格的作品，大多不看重或者有意回避自然光的使用，因为你在画面上几乎找不出自然光源；那统一的色调，完全是按照画家的创作意图来布光。那也许是神光，与我们生活的自然世界不同。而现实主义的作品，则比较注意自然光的影响，体现出严谨的写实风格。到了印象派，则不仅注意了光线对于画面中景物的影响和作用，甚至对自然光的色谱都进行了主观分解，以浓烈的原色来组织笔触，使画面形成强烈的视觉刺激，让观者在主观感受中重新完成画面色彩的组合。这也许就是印象派让观者体验和参与到作品审美创作中去的意图吧。雷诺阿的《林中少女》，便是这种作品的代表。

杭州，有资格拥有“16—18世纪欧洲经典名画原作展”，驰名中外的中国美术学院也坐落在这里；杭州，不仅在我们看画展时，有来华短期演出的日本歌舞伎在表演，还有大型歌舞晚会《宋城千古情》长期演出，供一年四季前来观光的客人欣赏；杭州，就在我写这篇短文的次日，又有我所看重的作家余华在举办以《我们的文学》为题的报告会。这些，便是都会特有的品质；这些，应该可以成为我爱杭州的理由。

2007 年 7 月 13 日

后来的20分钟

我发现自己躺在床上。四周漆黑一片。就是说，已经深夜了。但是，我怎么会躺在床上？什么时候躺上来的？我不是正在请朋友吃饭么？——先是中午，在饭店里吃；而后是傍晚，回到家里，继续吃……当然，像我这样的北方人请人“吃饭”，就像南方人请人“喝茶”一样，其实是设宴款待的意思。也就是说，中午和晚上，我请朋友喝了酒，点了和做了很多菜。什么样的朋友，让我一请再请？自然不一般，是你可以把家里的钥匙交给他的那种朋友，两个作家，相识都有二十五六年了。初识的时候，我还在中国东部一座沿海城市做文学杂志编辑；他们两人都在那里做教师，一个在市区高校教物理，一个在县委党校教哲学。待到此次宴请，光阴荏苒，朋友和我都相继离开那座山海浮云的城市，进入了“长三角”都市圈。宴请是在今年元旦次日，柳永称为“自古繁华”的地方。席间作陪两位朋友的，是我和兄长两家。大家从中午吃到晚上，试图用一个下午的时光，梳理二十几年的友情。水饺端上来了。我吃了一只，觉得韭菜馅非常可口……热闹的场面大约从那时开始退隐、消失，四周静谧下来，黑暗像被子一样覆盖在了我的身上。

闹钟滴滴答答的响声，让我想起次日上午的工作，便循着声源，伸手摸床头柜上的闹钟。闹钟被碰到地上，一声闷响。我扭亮台灯，摸到碎成两爿中的一爿，正是钟芯，表针还在忠实地转动着。我把起床时间设定好，看了一下时间，已近子夜。

黑暗如水，重新溢满房间。最初的问题就像一条条无序的船，又开始在深灰色的水面上漂浮：我怎么会躺在床上，什么时候躺上来的……在吃过一只水饺后，到发现自己躺在床上，期间发生了什么？……我说了或做了什么？……有没有出格的言行伤害到朋友和兄嫂？……闹钟突然铃声大作。暗夜迅速隐身在弥漫开来的光明中。我穿衣，起床，走到妻子的房间。妻子蒙头睡在床上。我把子夜的困惑提了出来：昨晚我什么时候躺在床上的？怎么躺到床上的？妻子从被子里面探出头来，两眼布满血丝，用愤怒到绝望的眼神盯了我一眼，说，丢人啊。

就是说，我肯定做了什么，或说了什么，让她如此这般怨恨。我执着地问，昨天我什么时候躺在床上的？怎么躺到床上的？妻子边穿衣服边恨声说，怎么躺到床上的？给人抬到床上的。谁抬的？很多人！我感到心里，有个东西开始往下坠落。我试图阻止它坠落的速度，又问，我说了或者做了什么吗？妻子说了一个让我惊骇不已的词：裸奔。

裸奔？谁裸奔？是我么？我为什么要裸奔？我的大脑一片空白，问，是在什么情况下，我做了那样的事，或说了那样的话？妻子沉默着。我想象着难堪的场面，自尊心荡然无存，用近乎哀求的口吻，让妻子告诉我当时的情景。妻子却不愿再说一句话，仿佛有关我头天晚上的表现，再多说一个字，便玷污了她的嘴。

我沉默了。草草吃了早餐，便去上班。工作是监考，考试内容是社会组织如何与公众协调关系、优化环境、化解危机、打造形象。我浏览着试卷题目，感觉眼前一片黑色幽默。收罢试卷，我掏出手机，给头天晚上作陪的兄长打电话。我先对自己可能的表现表达了歉意，而后问，昨天晚上，我是否说了什么不恰当的话，或做了什么不得体的事？没有啊。兄长说，一切都很好。我们吃饭到七点一刻，朋友要走，我们一起把他们送走了。我和你一起把他们送走的？是啊。我们不让你下楼相送，但你坚持要送，动作幅度很大，拗不过你啊。后来呢？后来朋友打到了出租车，走了。那我呢？你吗？你的两腿已经不足以支撑身体的重量，不想上楼，我们就坐在你家楼下的台阶上，抽了一支烟。我还抽了一支烟？怎么，你不记得了？是啊，我不仅不记得抽了一支烟，我什么都不记得了。我说，我不知道你们什么时间走的，也不知道我是怎么躺到了床上；是你们把我抬到床上的吗？不是，兄长说，我们抽完了烟，回到楼上，你躺到沙发上休息，我们也就告辞了。二哥，我正色道，不能因为你是兄长，不能因为你要保护兄弟的自尊心或虚荣心，就对我有所隐瞒。你错了，我的二哥说，正因为我们是兄弟，才不会有任何隐瞒；我说的都是事实。但我听了，心里更不踏实，因为妻子与兄长所说，明显不一致。我说，那为什么，你弟妹说，是很多人把我抬到床上的？我们没有把你抬到床上。不可能有很多人把你抬到床上。因为我们都走了。兄长在电话里又安慰了我一番，大意是要我相信自己的素质，即使在醉酒状态下，也不会说出什么过分的话和做出什么出格的事。

我心事重重，骑着电动车，在北风中缓缓前行，终于没忍住，又掏出手机给一位被请的朋友打电话。依然是先表达歉意，大意是说如果头天晚上有不当表现，还请谅解。什么不当表现？朋友说，你很好啊。我告诉朋友，妻子对我怨恨之极，认为我行状极差，堪称丢人。不，朋友在电话里说，不是嫂子说的那样；我们的评价恰恰相反，只有两个字，感动。那么，我说，我是否说了或做了什么不得体的事？比如说，裸奔？朋友在电话里哈哈大笑，说怎么会？一切很正常，饭吃到晚上七点一刻，我们告辞，你坚持要送我们出门。我说，我怎么一点印象也没有呢？没错，你送我们出门；我们怎么也劝不住。这正是让我们感动的地方。我叫了朋友的名字，说，你不能因为我们是好朋友，就对我昨天晚上的行为有所避讳或隐瞒；你所说的，和你嫂子所说的，差距太大。我不知道哪一个是真相。朋友在电话里也郑重地叫了我的名字，说，正因为我们是好朋友，我才没有必要避讳或隐瞒。真相就是我说的那样。不过，你以后真得少喝酒；我们认识那么久，第一次看见你醉成那样。哪样？就是喝得有点多，在凳子上坐不住。你没见我搬了把椅子给你？我说我没有任何记忆。接下来，朋友宕开话题，向我说了他在新年里一些很好、很新的想法。

我喝醉了，在那天晚上，并且失去了记忆，这是唯一可以确证的事实。妻子、兄弟和朋友所描述的其他情形，相互抵牾，都令人生疑。醉酒到失忆的程度，真相借机游出意识，这使我的自尊心和自信心都遭受了重创。回到家里，我一言不发，也不敢抬头与妻子对视，或征询看法，只低头默默做事，感觉自己已经没有任何资格再说任何话。

但真相到底是怎样的？即使它已经离去四五天，我仍心有不甘。龙年春运前一天，我返回曾经工作过的沿海城市。同乘火车的，还有妻子和那天傍晚作陪的嫂子。我旧话重提，询问自己醉酒后的行状。嫂子说，你哪里喝醉了？你是装醉。我说，为什么你会认为我是装醉？嫂子说，你们那天晚上，四个人喝一瓶白酒，还没喝完呢，你就醉了？我说，中午还喝了两瓶呢。妻子插话说，不对，是三瓶，还有一瓶黄酒。我说这我知道，下午我们不是都挺好吗？嫂子说，所以我认为你装醉。我说，为什么你会这样想呢？嫂子说，你装，是为了少喝酒呗。他不是装醉，妻子又插话说，他送朋友出门，换鞋时，把拖鞋左甩一只，右甩一只，我就知道，他是真醉了。嫂子问为什么，妻子说以前他（我）不敢。接着，她们妯娌对聊起来。

因为他知道我是洁癖，妻子说，他的脚是不能踩在地上的。是啊，嫂子说，后来我也感觉，他是真醉了。我说，你怎么又感觉我是真醉了？你笑的样子，嫂子说，从来没有那样笑过。我问，哪样笑？嫂子说，很奇怪的，并模仿了一下。我一看，是很奇怪，五官与面部肌肉各行其是。醉酒问题没有争议之后，嫂子开始描述我喝醉后的表现：你朋友对你说，就只跟你说一句话。刚一开口，你就往他嘴里塞进一个饺子；再一开口，你又往他嘴里塞进一个饺子……后来呢？我问。后来，嫂子说，我们一起送朋友；我和你二哥搀着你下楼，你猛地把我推开，大声说，不要制造紧张气氛好不好？后来呢？后来朋友也不让你送，你坚持要把他们送到大门口，在小区里拉拉扯扯。这时候，有人过来围观，好像有你的同事。我的心里又一沉。但时间不长，嫂子说，人也就散了。我说，被围观的时候，我有没有说什么伤人的话，或做什么难堪的事？没有。我没……裸奔？没有！嫂子说，你还不相信我么？你喝醉的程度，比我见过的很多人，都算是轻的。我转过脸来，对着妻子说，你为什么要说，我……裸奔？妻子说，气你的！你为什么要说，我是被很多人抬到床上的？气你的！我进一步求证，那我是怎么躺到床上的？妻子说，你自己爬到床上的。我内心感受到了一种刺痛。我说，事实上，我对你们说的，都不太信。为什么？妻子说，我现在可没有骗你。嫂子说，我也不会骗你。她们妯娌俩又异口同声地说，我们都没骗你。我眼睛望着妻子，说，是啊，本来，我最应该相信的，是你；我又对着嫂子说，怀疑你，我也没有理由。她们一同望着我，说，那你还不相信我们？我说，从前，齐国，有个叫邹忌的，个儿挺高，长相也不俗，他想知道自己比城北的徐公，谁更帅……算了，她们两个同时说，不相信我们就算了，别说古道今了。

说古道今被制止，是因为她们同时感受到了不被信任的尴尬。我知道自己被制止是对的，因为我不是齐王，与朋友、亲人的关系，不是私、畏和欲求所能准确界定的。比方说，妻不私我、畏我，而是在我哀求真相时，气我；朋友不仅无求于我，而是在我百半人生中，多次助我……但我知道，真相存在过，因为它发生过；发生过的真相，已经渐行渐远，再也难以追逐、触摸，缘于我们不能重回过去。很多事情，并不圆满，但一转眼，即成过去；人们反顾时，很多时候，面对的是缺憾。我们不能在时间的河流中回溯，也就失去了接近和了解真相的可能。

既然失去的不只真相，还有寻找真相的可能，我也就不再妄想。剩下来的问题，只有一个令我不能释怀，那就是：一个人，在没有主体意识的情况下，是“谁”，或“什么”，在支配他的身体和言行？祥林嫂在除夕夜，关心人死了以后究竟有没有魂灵，是因为她心存希冀。她的问题不容易回答，是因为受到“两难”困扰：说有，固然可以满足她见到阿毛的愿望，但同时也有让她面临被两个丈夫生分的危险；说没有，虽然避开了被小鬼锯开的痛楚，但也令她难以见到死于自己疏忽的小儿子。我既不是祥林嫂，提不出令人嗫嚅的天问；也不是祥林嫂对面的那个教书先生，内心纠结到逃离的地步。事实上，不要说一个心存怜悯、救世乏力的知识分子会对祥林嫂左右王顾，即使孔子再世，面对鲁迅先生 88 年前虚拟的问题，也只能缄默不语。我想到的答案，不算及格，立此存照：一个人死后究竟有没有魂灵，的确难以回答；但一个人活着的时候，肯定是有魂灵的。明显的表征，是记忆。

记忆，能够弥补或校正我们在时空中酿造的缺憾；记忆，是人们灵魂存在的确证。当我们拥有记忆，至少从形而下的意义上，知道自己是谁，从哪里来，要到哪里去。记忆使我们鉴古知今，在生活中确立自信，并且心理安然。我之所以不能安然面对那个曾经的傍晚至深夜，是因为失去了记忆。

现在，当我写下这些文字，其实心里是存着焊接自己生命过程的妄想的。我失去过记忆，必须借助他人的描述，来重建自己今年元旦次日的几个小时：傍晚，大约五六点钟，我继续请朋友在家里吃饭。一瓶白酒尚未喝完，水饺端上来了。吃了一只之后，我进入了醉酒的谵妄状态，不断向朋友嘴里塞水饺，并且多次身不由己地向后倒去。朋友搬来一把椅子让我坐稳。我很少说话，偶尔露出奇怪的笑容。七点一刻，朋友告辞，我坚持相送，并且因为友情在门口和楼下发生了拉扯，引来围观。将朋友送至小区大门口，他们打的离去，我呈现了身体不支的状态，由兄长搀扶到楼前，在台阶上坐下来，休息了一会儿，抽了一支烟。上楼后，我倒在了沙发上，兄嫂告辞。从下楼相送至回到二楼的家里，时间大约持续了 20 分钟。不久，我自己爬到床上，躺了下来，进入深度睡眠。深夜时分，我醒了。

这是真相么，还是亲情和友情包装后的结果？我内心苍茫。失去记忆，也就失去了灵魂。在我渴望回顾又不堪回首的那个傍晚至深夜，我是一个没有灵魂的人。我存在着，发出声音，有所行动，但不是我的灵魂在支配自己；就是说，灵魂缺位了，身体依然在行动。我的一言一行，并不由我控制。在汉语中，虽然是同一个“我”；在英语词汇中，是可以清晰地表述为“I”和“Me”的。当天子夜时分，“I”与“Me”合而为一，主体意识重新进入身体，记忆开始覆履职，我才明白自己是谁，才能够进行理性思考和价值判断，才知道应该做什么和不应该做什么。而在失忆的那段时空，我不知自己是谁、不知今夕何夕，灵魂游出体外，举手投足的，只是我的肉体……写到这里，我惊出一身冷汗。什么叫“举手投足的，只是我的肉体”？引号里的内容注解了一个中国成语，叫做“行尸走肉”；在美国系列电影《生化危机》中，被称作“僵尸”。在我已逾半百的年纪中，那样的状态，至少存在了 20 分钟。

2012 年 1 月 11 日

高速回家

2013年7月5日傍晚，我和老婆到杭州市萧山区河庄镇侄子家里，出席他28岁的生日宴。去前，老婆还专门到蛋糕店买了只小蛋糕拎着，以示郑重。侄子家里，已经到了不少客人，有他的舅舅和表妹，还有从市区来的朋友。他们已经忙了一天，准备了不少菜。我的二哥也专程从上海赶到为儿子庆生，一桌聚了七八口，热闹得很。由于开车赴宴，我不能喝酒，让二哥很失望。

你来之前，我们分析了两种可能性。二哥说，一种是你喝酒，车放在河庄，晚上叫出租车送你们回去；另一种是你坚持不喝，开车回去。这种可能性最大。

那就把最大的可能性变成现实吧。我说。

只是你不尝尝我泡的杨梅酒，二哥说，太可惜了。

我知道可惜。但是，由于次日上午我要自驾返回连云港度暑假，因此头天晚上不喝酒，也有安全因素的考虑。适逢侄子的舅舅带着女儿到我任教大学的成教学院面试，同车返程，不仅能够给我些指点，途中还可以换开，以免长途劳顿之苦。这样的机缘巧合，使老婆不仅不希望我喝酒，甚至不愿意侄子的舅舅当天晚上多喝。

酒在杨梅里，或者杨梅在酒里，已经浸泡了一个星期，颜色清纯红艳，甚为喜人。二两半容量的高脚杯，侄子爸爸和舅舅的嘴不断猛呷，不久灌进去两杯。也就是说，53 度高粱酒浸泡出来的杨梅酒，他们每人已经喝下了半斤。我说明天还要跑长途呢，劝他们不要再喝了。二哥说，每人再倒半杯吧。这么好的酒不喝，对得起我一星期前的操劳么？我默然了。确实，七天前，杭州气温已经高达 36 度以上。二哥为了泡杨梅酒，专程从上海赶到萧山，折腾了大半天；现在亲戚从故乡来，不让他们再喝点，于情于理，似乎说不过去。

新斟的半杯酒，很快告罄。他们意犹未尽，又想斟上。我说喝高了，明天开车的安全系数就降低了；喝的机会以后有的是。好酒还怕馊了？二哥说，就倒一杯，说话算数。我又默然了。本来出席侄子生日宴，自己不喝酒已经不妥，再阻止他人尽兴，便近乎扫兴了。

但是，没想到斟满的第三杯，被他们找到了不可抗拒的理由，很快喝干；而更令我难以接受的是，二哥所说的最后一杯，在我忧心忡忡的注视中，早已变成了倒数第 N 杯。

看看时间已经过了晚上九点，我提议结束。散席人去前，我与侄子的舅舅约好，第二天上午开车到河庄接他们。侄子的舅舅与我击掌为凭，约好九点整出发。返回下沙的路上，老婆对二哥不顾次日驾驶因素一味劝酒，表示不理解；我也生出了同样的隐忧。

次日上午八点半，我先开车到高沙镇，去接搭顺风车的同事。靠边停车时，由于判断不准，新车在马路牙子上狠狠蹭了一下，掉了几处油漆。我下车察看以后，心疼不已。同事也姗姗来迟，到了在八点四十五分，才出现在视野里。九点过五分，我到达河庄镇。但是，侄子的舅舅并没像我预期的那样，在楼下整装待发。

由于见不到人影，老婆只好走到侄子家楼下，用力喊门。无人应答。老婆向我问了门牌号，按响了门铃。半晌，门开了。她爬上五楼，又是半晌不见下楼。我心下疑惑，邀同事上楼察看；行至二楼，遇见了衣衫随意的二哥，说要到楼下看我的新车。我表示车没啥看头，就是辆朗逸低配，建议一会儿送客再看。二哥说，送客？就怕一会儿我没那么大劲头了。

上了楼，只见客厅茶几凌乱，餐桌杯盘狼藉，放着一大盆馄饨。看来，侄子的舅舅连早饭都还没吃。老婆对我说，她上楼后，他们床都没起呢，更别说吃早饭了。

我走进客厅，在沙发上坐下，见茶几上有两只菜碟，尚有些松花蛋之类的残余菜肴，旁边还有两只高脚杯，沾满酒渍。我说，昨晚我们走后，你们又喝了？

二哥一屁股坐在地板上，说，又喝了。还没醒酒呢。

又喝了多少？我担心地问。

谁知道？有七八杯吧。侄子的舅舅大口吃着冰激凌，说，喝完了又搓麻将。

昨夜又喝了七八杯？二哥说，我们还搓过麻将？

我心里一沉。这么说，在我们离席后，他们每人至少又喝了将近一斤！

你坐到沙发上来。我的老婆对二哥说，坐在地上干什么？

坐沙发？二哥说，要不是你们来，我直接就躺在地板上了，那才叫一个舒服。

我望了老婆一眼，只见她用手不停地在脸上煽风，什么话都说不出来了。

我知道老婆失语的潜台词。本来，她把我从杭州安全驾车返回连云港的希望，寄托在侄子的舅舅不喝酒或少喝酒上，以便途中可以帮得上忙。现在知道他们不仅深夜喝酒，还彻夜搓麻将，上午九点还未起床，甚至起了床还没醒酒，原来的希望彻底破灭。她内心既焦虑又不安，但碍于礼数，也不便埋怨，只能不停地慨叹了。

行，真行啊，真是佩服你们了。她说，不着急走了，十点燃钟以后吧。

二哥坐在地板上，醉眼朦胧地看着我，心有歉意地说，昨天晚上你坚持不喝酒，是对的；真喝了，今天什么都耽搁了。

我望着二哥，什么都没说。看当天的情势，我知道只能自己开车，载着亲友，从杭州返回连云港了。

开车我是新手。驾照虽然是两年前拿的，但在今年4月买车前，很少摸方向盘。你当然不难想象，初学开车的人上路后，必然面临着一道关，就是上高速。按说，高速公路车速快，没有逆向行的车辆，应当不难开。但是，也正因为没有逆向车辆，驾驶员会恣意行驶，反而容易出事故；而且，由于车速快，一出事故就不小：追尾、侧翻、挤撞导致的车毁人亡惨剧，屡见不鲜，更别说恶劣天气了。因此，上高速，并不像樱桃好吃口难开那样，仅是个勇气的问题；高速好走车难开，考验的是技术，也是经验。

为了将车从杭州驾回连云港，我在下沙高教园区开了两个来月后，好友易荣华博士决定对我进行强化训练。在我买车前后，从选车型到筹措款项，他已经帮了大忙；如今，为了我能安全返回故乡，他更是煞费苦心，专门安排我几次驾车从杭州去往富阳。单程近两个小时，大部分是高速。由经验丰富的易博士陪驾，不仅符合交规要求，更令人放心。

初次上高速，我无知无畏。从下沙进入杭州绕城高速不久，车辆骤然增多。由于速度上不去，我感到与在下沙一带开车很相似。但是，感觉很快被现实修正。一是我跟车不敢太近，因此左右两侧总是“被超车”；二是大巴或集装箱货车时常并行，弄得我跟也难超也难，左右不是，不断受到易博士指点，告诉我“这很被动”、“那很危险”。

过了西湖服务区以后，车子在长深高速上猛增到时速120公里。真正的高速体验开始了，我开车的毛病也集中暴露出来。一是行车总是偏左，有一次竟然压到左侧路沟，车子猛颠几下之后才恢复正常；二是超车忽视盲区，引得右侧响起一片喇叭声；三是方向不稳，车在两条车道中间飘忽不定；四是动作僵硬，顾此失彼，经常失速。这些毛病招至的结果，是车厢后排的两位女士不断发出惊叫。在她们的惊叫声中，我感到自己心跳加速，两眼也时或迷离起来。本来很宽的行车道，在时速超过120公里后也变得狭窄起来；一不留神，车子便偏离了行车道。我紧张得连腾手喝水的间歇也空不出来了。

一路上，易博士用严肃的语气不停地对我提点着。好不容易到了高速出口，我把车速降下来，接着进入了环金线的国道和省道，其实也就是山间公路。山路果然是九曲十八弯。连续急弯不说，更兼路面狭窄，会车极难。偏偏对面驶来的各类车辆，往往压着中线甚至占道开过来。此时我又暴露出新的问题：下意识地朝右侧路边让道，直至让到快要出道。易博士说，你这种让法，对方不仅不领情，出了事故，你还是全责！

千难万险，车子终于停靠在终点——富阳市湖源乡窈口村了。下了车，看到自己终于完成了一次高速行程，在感谢易博士指导的同时，也庆幸于自己不俗的表现。但是，没想到，两位女士拉开车门走出来，脸基本上都是白的，并历数一路惊险，大有惊魂甫定、劫后余生的感觉。

女士们的反应，让我悚然为戒。我不能只顾自己提升驾驶技术，忍心再听她们的尖声惊叫、再看她们的心惊胆战了。从富阳返程时，我建议由易博士驾驶。易博士不以为然。他认为初上高速，不可轻言放弃；一再退缩，是丰富不了经验的，更别提从杭州安全驾车回到连云港了。但看见我执意不肯坐进驾驶座位，也只好让步。

坐易博士开的车，你可以想象什么叫名家炫技。能提的速他都提；能超的车他都超，并且一路讲解，令人受益匪浅。你的朗逸只有1.6升，动力不足。他说，开了空调以后，提速更“肉”，你体会不到“推背感”。

为了让我体会“推背感”，那以后，易博士又提供机会，指导我从杭州开往富阳，一路上不断耳提面命，做手势，让我猛踩油门，踩到底，说是让我彻底了解自己车的性能。在他苦口婆心的教导下，我渐渐感到，自己上高速，只要不狂不躁，小心翼翼，将车从杭州开回连云港，问题应该不大。

但是，没想到老婆坚决反对。她认为，高速公路车速快，危险性高；而我年龄大，不适宜长途驾驶。如果你开车，她说，我宁可不坐了。我赌气表示，她可以坐火车回去，车由我开回去好了。那也不行。老婆说，你自己开车回去，我更不放心。好在侄子的舅舅恰巧要陪女儿来杭州面试，返程时可以为我伴驾，老婆这才喜上眉梢。

为了我安全上高速，易博士第三次陪我去富阳窈口，甚至调整了自己飞北京出差的时间。那一次我全程往返，表现比前两次均好。其间，我将从杭州回连云港时有人伴驾的情况说给易博士听，他微微一笑，说，没有必要；接着便说我的老婆心事太重，依赖性太强。要知道，他说，你的紧张，反过来加重了司机的紧张，那样反而容易出事。但是，博士的话并没说服我的老婆。她坚持认为，只有侄子的舅舅与我轮换着开车，才可以令她安心。

没想到，返回连云港头天晚上和夜里，二哥与侄子的舅舅推杯换盏，从晚上喝到深夜，醉后又搓麻将到凌晨，直至不知今夕何夕。

吃了两只冰激凌后，侄子的舅舅看看接近上午十点，表示可以出发了。大家上了车，挥手与侄子父子告别。既然由我驾驶，将车驶出小区后，我便开始在导航仪上寻找路径。不料捣腾了半天，曾经是表现良好的导航仪，搜索栏中输入的地名，显示的始终是令人郁闷的“无记录”，令我深深体会到了什么叫做雪上加霜：原本万全的返程方案，监界全部泡了汤；导航仪在关键时刻又罢了工。看见我脸冒冷汗，侄子的舅舅说，你弄导航仪吧，我先开一段。

我很担心他的状态，表示不用；同时看着老婆，希望她能帮我阻止侄子舅舅的提议。但是，老婆却出人意料地表示同意。考虑到他已基本清醒，我只好离开了驾驶座。侄子的舅舅开得很稳，表现出一个老司机的良好素质，渐渐令我放下心来。

车在乍嘉苏高速行驶了一个半小时后，进了服务区。简单地吃过中饭，我接过了方向盘。没想到，上帝好像要故意考验我的驾驶技术一样，接下来的两个小时里，风雨交加。雨雾迷濛中，大型集装箱卡车呼啸着从右侧冲过，大巴车尾灯闪烁着从左侧冲过，路虎和宝马交叉穿梭，皮卡与小面包车摇摇摆摆在前后左右出入。幸好由于去过几次富阳，历练中的经验让我谨慎地把正方向盘，或跟进，或超车，平稳地开出了风雨区，直至雨过风停，在临近盐城前将车子交给了侄子的舅舅。

进入沿海高速后，天空罕见地露出了湛蓝一角，路上的车辆也变得异常稀少，视野十分开阔。我接过方向盘，开起音响，让钢琴曲伴着大家在高速路上奔驰。那之后一路顺利，车子在下午五点左右进入赣榆县，将侄子舅舅父女俩送到了家门口。而后，从 204 国道一路南行，车子开进了我二十多年前的记忆，过水漫桥，在丁字路西转，进入解放路，左转，一直将同事送回淮海工学院宿舍区。接着，我沿着因久居而熟悉、因修路而陌生的朝阳路，将车开回了新浦区兴城花园，完成了第一次高速回家的旅程。

进了家门，安顿下来，我竟然生出了不多见的感慨：世事就是这样，当你总想指望点什么的时候，往往什么都指望不了；当你什么都不再指望了，那指望，还在。

2013 年 7 月 11 日